배대리의

독일 에서

육아휴가

배대리의
독일 에서
육아휴가

육아휴직,
미래를 위한 투자

배재현 지음

좋은땅

들어가는 글

  '읽다'라는 행위의 반대말은 무엇이라고 생각하는가? 읽지 않기? 듣기? 말하기? 나는 읽기의 소극적인 반대말은 읽지 않기, 적극적인 반대말은 쓰기라고 말하고 싶다.

  2018년 어느 날, 분당에서 여의도를 오가는 출퇴근 지하철과 만원 버스에 몸을 맡기며, 무심코 책장을 넘기다가 내가 책을 읽었다고 생각한 경험이 실은 이미 내가 생각해 왔던 바에 대해 작가가 정련된 문장으로 다듬어 낸 것을 "읽어 내는 행위"라는 것을 깨달았다. 같은 시간과 공간에 있지만, 주체마다 느끼고 생각한 바가 다르듯, 내가 느낀 바를 표현해 준 책을 찾지 못해 적극적인 반읽기의 실천으로 늘 책을 쓰고 싶다는 소망을 간직해 왔다.

  해외에서 살아 보기라는 막연한 희망을 품고 살아온 결혼 9년 차. 한국 나이로 5살과 7살 아들과 딸, 그리고 아내와 함께 언젠가는 한번 이뤄 보고 싶은 이 막연한 꿈을 대학원에 입학하고, 독일의 교환학생을 통해 1년간 머무르며 이루게 되었다. 이상과 현실의 차이를 절실히 깨닫고 막연한 환상을 깨 버리고 싶은 마음으로, 나와 가족에게 다른 세상이 있음을, 우리에게 익숙한 삶의 풍경과는 다른 삶의 모습도 있음을 보여 주고 싶었다. 어쩌면, 고생길이 될지도 모를 이 길로 끌어들인 가족들에게 마음 한켠에 미안함과 무거운 책임감을 느끼며 독일행 비행기에 올라탔다.

"케바케(Case by Case)"라는 말은 사실 정보 전달을 받는 입장에서는 다소 무책임하게 들리는, 삶의 지혜랄 것도 없는 자기 경험에 대한 잠정적 결론이자 견해이다. 인간은 자신이 경험한 세계 안에서 대상을 바라보고 공감하며 스스로의 존재이유와 위치를 확립한다. 나는 극소수일지라도 나처럼 독일의 교환학생으로 네 식구가 비자를 받아 1년 동안 생활했던 그 '케바케'의 사례를 찾아 블로그와 유튜브 등을 샅샅이 뒤져 보며 공감대를 형성하거나 감정이입을 하고자 애써 보았지만, 내 능력으로는 찾을 수 없었다. 게다가 육아휴직을 사용하고 유치원에 다녀야 할 아들, 독일 나이로 초등학교에 입학해야 할 만 6세의 딸, 그리고 아내와 함께 교환학생 신분인 남편을 따라 1년 동안 비자를 받고 집을 얻어 유치원에 다니고 독일 초등학교에 입학한 후 아름다운 추억을 남기고 아무 문제 없이 회사에 복귀했다는 미담은 그 어디서도 듣기 어려웠다.

우리 부부는 우리 앞에 누구도 가지 않은 것만 같은 이 불안한 여정에 몇 날 며칠을 걱정하고 고심했다. 인터넷 수기들을 통해 독일 비자발급 여부는 관할 지역의 담당하는 행정관에 따라(역시 케바케) 쉬울 수도 어려울 수도 있다는 막연하고도 막막한 이야기를 확인하곤 독일행 비행기에서부터 입국이 거절될까 전전긍긍하기도 했다. 나의 선례로 당신도 비자를 받고 단기간 살 집을 구할 수 있다고 자신 있게 얘기하기에는 아직 나의 독일과 독일 행정에 대한 이해가 부족하다. 혹, 필자와 같이 독일 만하임에 1년간 체류를 희망하는 교환학생 가족이 있다면, 필자 이후에 오는 가족들은 같은 시행착오를 겪지 않기를 바라는 마음으로 나의 경험과 더불어 작은 정보들을 모아 책 마지막 부록에 담았다.

내 인생의 화두는 자기 결정권이었다. 내 인생을 내 소망대로 결정하고 그에 따른 책임도 내가 지겠다는 것이다. 회사를 다니는 남자 직원이 육아휴직을 한다는 결정은 아직 우리나라 사회에서는 낯설고 용기가 필요한 일이다. 하지만, 나의 이 결정에는 이제 나의 인생은 내가 선택하겠다는 자기 선언과 우리 가족에게 보내는 선물과 같은 경험을 주고 싶다는 바람이 함께 담겨 있었다.

벌써 독일에 다녀온 지 3년이 훌쩍 지났다. 코로나가 전 세계를 덮치며 내가 생활했던 독일 만하임도, 마스크 없이 교환학생 중 다녀왔던 많은 유럽 여행지도 모두 한 여름 밤의 꿈처럼 남아 버렸다. 첫째 아이는 한국에 돌아오자마자 한글과 영어, 수학을 온라인으로 배우며, 한국 특유의 선행학습과 학원 스케줄로 짜여진 하루에 익숙해져 갔다. 나는 나대로 IT 업계로의 이직을 준비하며 이력서만 수십 통, 인터뷰만 수십 차례 보며 책을 쓸 마음의 여유도 엄두도 나지 않는 찰나, 어느 가을밤 바람과 풀벌레 소리가 다시 글을 쓰고 읽히고 싶은 나의 욕망을 부채질했다. 게다가, 감사하게도 2022년 그토록 열망했던 IT 업계로의 이직에 성공했다! 출간을 계획했던 2020년도, 끝날 것만 같았던 코로나가 델타, 람다, 오미크론 변이 바이러스의 모습으로 3년이 넘도록 살아남을 줄 예상치도 못한 오늘을 살고 있지만, 난 첫째 아이가 대학 입학하기 전 언젠가는 다시 가족들과 함께 또다시 독일로, 해외로 나가 생활하는 꿈을 꾼다. 하지만 이번에는 학생의 신분이 아닌 직장인의 신분으로, 그리고 경제적 자유라는 친구와 함께.

이 책은 정확한 정보를 전달하는 책도 육아 지침을 공유하는 책도 아니다. 나를 모르는 낯선 환경, 가족과 나 자신만 바라볼 수 있는 환경 속에서 스스로의 가능성을 시험해 보고 고군분투한 경험 보고서이자 나와 비슷한 고민을 하고 있을 독자와 소통하고픈 욕망을 표현한 끄적임이라고 해 두고 싶다. 분량도 얼마 안 되는 소책자. 하지만 하고 싶은 이야기는 또박또박 담은 간결하고 곁에 두며 읽고 싶은 에세이로 남고 싶다. 또한, 이 책을 통해 육아휴직 기간 동안 아이들과 보낸 가치 있는 시간들을 기록으로 남겨 가족과 나에게는 잊지 못할 추억을, 독자분들께는 나의 경험과 체험을 충분히 나누고 얘기해 주고 싶었다. 부디 이 책을 읽는 독자들도 계획적인 육아휴직을 통해 나와 내 인생의 결정권을 되찾는 계기가 되길 바란다.

목차

Part 1

육아휴직,
나와 가족을
돌아보는 시간

카이스트 MBA,
그리고 교환학생을 결심하기까지

"잃어버린 것은 되찾을 순 없지만, 잊어버
린 건 다시 생각해 낼 수 있다."
(만화 〈터치〉 中)

나와 질풍노도의 시기를 함께 보낸 일본 작가 아다치 미츠루의 만화, 〈터치〉의 한 구절에는 잊어버린 것은 되찾을 수 있지만, 잃어버린 것은 되찾기 어렵다고 한 대사가 있다. 우리 삶에서 중요한 건강과 가족이 바로 잃어버릴 수도 잊어버릴 수도 있는 그 무언가가 아닐까. 주위를 둘러보면 잃었던 건강을 되찾은 사람의 이야기는 종종 들리지만, 내가 잃어버린 가족과의 시간을 되찾았다는 이야기는 들은 적이 없다. 아이들과 또는 아내와의 관계 쌓기를 통해 애정이라는 마음의 잔고를 쌓는 시간도 우리 모두에게 공평하게 제한되어 있는 재화이기 때문이리라.

내 인생 처음으로 '이렇게 죽을 수도 있겠구나'라고 느긴 2017년 1월 26일 구정연휴 전날, 난 뇌수막염 판정을 받았다. 아직 내 인생의 마지막을 생각해 보지도 않은 순간에 바이러스성인지 세균성인지도 모를 나의 뇌수막에는 일반인의 몇백 배에 달하는 세균이 있다는 통보와 더불어 극심한 두통과 발열, 그리고 뒷목 강직 증상이 나타났다. 뒷목 강직은 진찰을 받기 이틀 전부터 느껴 왔지만, 나는 이 통증을 그간의 과로와 컴퓨터 사용으로 인한 단순 근육통 정도로 치부하고 있었다.

입원을 결정한 당일 내 생애 이런 두통은 그 이전에도 이후에도 없었다고 자부할 만큼 고통스러웠다. 머리가 빙빙 돌아 일어나기조차 힘든 어느 날 아침, 체온계는 39도를 가리켰다. 나는 당시 유행하던 독감이려니 생각하고, 방에서 기어 나와 반쯤 넋이 나간 얼굴로 아내에게 얘기했다. "너무 머리가 아파 정신을 못 차리겠어." 아내는 아이들 등원 준비에 정신이 없었고, 나는 회사에 얘기해 병원에 다녀오겠다고 한 후, 직접 차를 몰아 동네 내과를 방문했다. 검진 차례를 기다리는 내내 이마에는 식은땀이 났고, 목도 바싹 마른 데다가 머리는 지끈거려 정말 몸을 가누기가 어려웠다. 내과 의사 선생님은 내 증상을 보시고는 우선 독감검사를 해 보자고 하셨다. 5분이면 결과가 나오는 아름다운 우리나라. 하지만 독감검사를 통해서도 음성이 나오자 나는 의사 선생님의 추천으로 어떤 정신으로 운전해서 왔는지 모를 정도로 힘든 몸을 이끌고 운전하여 지역 큰 병원의 신경외과까지 오게 되었다.

참고로 뇌수막염은 '뇌'와 뇌조직을 싸고 있는 '막'에 염증이 생기는 수막염을 합친 말로, 증상이 급격히 진행되어 뇌실질에 변성을 일으키고 인지기능 장애나 간질이 후유증으로 남을 수 있는 세균성과 충분한 휴식만으로도 호전되는 바이러스성, 그리고 결핵성 세 가지가 있다. 검색 포털로 뇌수막염을 검색했을 때, 급성 세균성 뇌수막염의 경우 높은 사망율과 더불어 생존 환자의 25%에서 지적 기능 감소, 기억력 장애, 경련, 청력 소실, 어지럼증, 보행 장애 등 단어만 들어도 가슴이 철렁한 후유증들이 잔뜩 나열됨을 볼 수 있었다. 애써 진정된 마음으로 아내에게 전화해 병원에 와 달라고 부탁했다. 뇌수막염이 의심된다는 의사선생님의 소견과 더불어 뇌척수액 검사와 MRI, CT 촬영 등이 필요하다는 얘기와 함께. 걱정하지 말라고 말은 했지만, 난 떨고 있었다.

뇌척수액 검사를 위해서는 척추에 긴 바늘을 꽂아 척수액을 추출하게 된다. 바늘을 꽂을 때 무척 뻐근한데, 척수액을 추출하고 나면 머리를 고정한 채 두 시간 이상 움직이지 않아야 한다. 혹시 모를 후유증을 방지하기 위함이다. 즐겁게 시끌벅적해야 할 설날 전날 정신없이 집에서 달려 나온 아내 얼굴엔 걱정이 가득했지만, 아내를 보며 나는 참 많은 위안을 받았다. 나는 바이러스성 뇌수막염이기만을 간절히 바라며, 뇌척수 검사결과가 나오기를 목 빠지게(실은 3~4일 정도 소요) 기다렸다. 병이라는 드라마는 현재 나에게 닥친 일이었지만, 나는 무엇이 나를 병들게 했는지 지난 과거를 더듬으며, 나의 미래를 병상에 누워 가늠해 보았다.

많은 일들이 있었지만, 2016년과 2017년 겨울은 회사에서 나에게 많은 시련과 도전을 준 해로 기억된다. 나의 의도와 관계없이 관리하던 프로젝트는 이미 마감이 코앞에 와 있음에도 완결될 줄 몰랐고, 내가 담당하던 제품의 원자재는 전 세계적으로 한순간에 생산이 중단되었으며, 한창 아빠를 찾고 남편의 도움이 필요한 아내는 나의 불규칙한 생활패턴에 힘들어하던 시기였다. 서문에 밝혔듯, 내 인생의 화두이자 중요한 가치 중 하나는 자기 결정권, 즉, 내 인생을 내 소망대로 결정하고 그에 따른 책임도 내가 지겠다는 신념이 있었지만, 난 어느새 내 인생의 주도권을 일과 회사에 빼앗기고 있었다. 아울러 점점 커 가는 아이들을 바라보며 한국이라는 사회에서 무엇이 나에게 더 좋은지도 모른 채 더 높은 연봉과 직급, 더 좋은 집과 차를 소망하며 어느새 타인의 욕망을 욕망하는 나를 발견했다.

결과는 다행히 바이러스성 뇌수막염. 나는 보름 남짓의 입원 기간 동안 줄곧 수액을 맞아 씻기 힘든 남편을 간호하고 나의 안위를 걱정해 준 아내와 가족에 대한 소중함을 절실히 느끼며 가족과 나를 위해 인생의 주도권을 다시 찾아와야겠다는 생각이 들었다. 우리가 숨이 턱까지 차오르게 뛰거나 술에 취해 몸을 추스른답시고 고개를 들어 사물을 바라볼 때처럼, 마음과 몸이 지치고 힘들 때는 시야가 좁아지기도 하지만, 달리 생각하면 바라봐야 할 대상이 명확해지기도 한다. 병실에 누워 나는 약간의 두통이 있지만 술에 취하지도, 숨이 턱까지 차오르지도 않은 온전한 정신으로 내 인생의 주도권을 찾아올 수 있는 나만의 계획과 생각을 하나씩 적어 나갔다.

MBA. 그 학위에는 여러 가지 욕망이 함축되어 있었음을 난 부정하지 않는다. 지방 캠퍼스에 대한 학력 콤플렉스, 막연히 창업을 하고 싶다는 바람, 이직 시 내 커리어에 도움을 줄 수 있는 네트워크를 만들 수도 있을 거라는 기대감, 그리고 학부 시절 경험한 스웨덴 교환학생을 떠올리며 가족과 함께 해외생활을 해 볼 수 있을 거라는 꿈, 이 모든 욕망과 꿈을 실현시켜 줄 단 하나의 해결책으로 그 당시 나에게 대학원, 그중 MBA처럼 현실적이고 근사한 명분은 없었다. 목표가 정해지니 방법은 어떻게든 구하기 마련이었다. 무엇보다도 이 모든 일들이 계획대로 되려면 1년의 육아휴직 기간 동안의 생활비와 학비가 필요했다. 게다가 아직 초등학교에 입학 전인 첫째 딸이 학업에서 그나마 자유로운 2019년이 육아휴직을 사용할 적기라고 생각했기에 2018년에는 무슨 수를 써서라도 대학원에 입학해야만 했다. 그중 학비와 체류비를 마련하는 것이 가장 우선이었고, 그다음이 아내에게 나의 목표와 꿈에 대해 설명하고 이해를 구하는 일이었다.

생애 처음 주식을 시작하게 된 것도 2017년이다. 4800만 원이라는 등록금과 교환학생을 위해 체류해야 하는 4인 가족 기준의 1년 생활비(당시 약 7000만 원을 예상했다) 마련을 위해서는 그동안 내가 모아온 '자기계발'을 위한 비상금으로는 턱도 없었다. 개별 주식과 시장의 등락에 힘겨워하는 아버지를 보며 주식은 손도 대지 않으리라

다짐했지만, 결국 나의 원금을 단기간에 증식시킬 수단은 주식뿐이라는 결론에 도달했다. 그리고, 초심자의 행운으로 한 종목에 투자하여 나는 불과 다섯 달 만에 원금의 3배 이상의 수익을 얻을 수 있었다.

또 다른 고민은 어떤 대학원을 선택할 것인가 였다. 나의 선택지는 당시 카이스트, KDI 국제 정책 대학원, 고려대 및 연세대 MBA 정도였다. 사내에 카이스트에 재학중인 타 부서 동료의 조언도 있었지만, 무엇보다 3년이라는 시간, 제대로 공부하여 실무에 도움되는 스킬을 얻을 수 있겠다고 느껴지는 커리큘럼, 그리고 입학설명회의 긍정적인 에너지가 나와의 궁합이 잘 맞을 것 같다는 느낌을 가지게끔 했다. 카이스트를 1순위에 두고 고려대를 보험으로 두 대학 모두 서류 및 면접시험을 본 결과 운이 좋게도 두 곳 모두 합격하게 되었다. 난 망설임 없이 카이스트를 선택했다.

자금도 마련하고 대학원에도 합격했겠다, 이제 아내에게 조심스레 얘기를 꺼내 보기로 했다. 2017년 겨울, 한국 나이로 세 살과 다섯 살. 한창 아빠 엄마의 손길이 많이 필요한 시기에 학업과 직장을 동시에 병행한다는 발언은 평범한 여느 부부에게는 부부싸움의 좋은 구실이 될지 모른

다. 나도 그 평범한 여느 부부에 다름아닌지라, 아내에게 대학원을 간다는 채찍과 더불어 한 다발의 당근도 함께 제시했다.

"우리 독일에서 1년만 살아 볼까?"

Why 유럽?
Why 독일?

우리 부부에게는 외국에서 한번 살아 보자는 막연한 꿈이 있었다. 나는 나대로 학부 시절 다녀왔던 스웨덴에서의 1년간의 교환학생으로, 아내는 아내대로 약 2개월간의 캐나다 어학연수로 각각의 해외생활에 대한 좋은 기억이 있던 터였다. 나 자신의 안위만을 염려하면 되는 교환학생이나 어학연수와 달리 아이들과 함께하는 가족과의 해외생활의 어려움은 당시로서는 경험하기 전까지는 가늠해 본다고 할 수조차 없었지만, '가져 보고 버리자'는 평소 신념대로 해외생활 경험도 화장기를 걷어낸 맨 얼굴로 마주하고 싶었다. 경험 후에 그 경험을 취할지 말지 평가해 보는 것이 후회 없을 듯했다. 살아 보는 기간은 딱히 정하진 않았지만, 그 지역을 조금 안다고 느끼기에 1년이라는 시간은 부족함이 없어 보였다.

카이스트 대학원의 PMBA(Professional MBA의 줄임말로 직장인을 위한 야간 MBA 프로그램) 입학 면접 시에도 왜 카이스트인가라는 질문에 난 가족과 외국에서 살아볼 수 있는 1년이라는 시간, 그 기회의 소중함을 (나중에 학과장님임을 알게 된) 면접 담당 교수님께 말씀드렸고, 교수님께서도 그런 기회가 본인에게도 있으면 좋겠다는 말씀을 하셨던 걸로 기억한다. 다른 학교는 1년 동안 교환학생을 갈 수 없냐고? 그렇다. 대부분 인지도가 있고 내가 지원 여부 및 장단점 등을 조사한 대부분의 MBA 프로그램은 2년이 학업 기간이지만, 카이스트만 유일하게 3년이 정규 대학원 과정이었다. 3년이라는 기간이 생각하기에 따라 너무 길다고 느낄 수 있다. 하지만, 1년간의 교환학생을 통해 해외생활을 하고자 하는 나의 바람, 비용을 3년으로 분산하여 얻을 수 있는 현금의 현재가치의 중요성, 그리고 주 2회 6시간의 수업시간으로 회사와 학업을 병행하며 시간을 관리하기에 타 대학보다 유리하다는 장점들을 고려할 때 카이스트 이외에 나에게 적합한 다른 선택은 없었다. (물론, 주 2회 6시간도 개인 과제와 그룹 과제에 쫓기던 지난 날들을 돌이켜 보면 결코 만만한 스케줄이 아니었음은 입학 후에 몸소 느끼며 알게 되었다)

해외 주재원들을 위한 커뮤니티인 InterNations 기관에서 2019년에 실시한 정착의 용이성(ease of settling)에 대한 설문 결과에 따르면, 독일은 64개국 중에서 60위에 올랐다.[1] 응답한 외국인의 절반 이상(55%)이 외국인 친구를 사귀는 데 어려움을 겪고 있다고 답했으며 이는 글로벌 평균(39%)보다 16% 포인트 높은 수치이다. 통계 결과가 증명하듯, 그리고 직접 경험해 보니, 독일 사람들은 참 친해지기 어렵고 가까워졌다고 생각해도 멀기만 한 그런 존재라는 사실에 대체로 동의하게 된다. 우리 부부가 독일어가 부족한 것도 한몫했지만(하지만 영어로 소통하는 데는 문제가 없었다), 내가 만나 본 이탈리아, 러시아, 시리아, 한국 유학생, 한국인 부모들까지 한목소리로 독일 사람들은 친해지기 어렵다고 한다. 물론 모두들 기본 5년 이상씩 독일 만하임에 거주 중인 데다가 유창한 독일어는 기본으로 해 주시는 분들이기에 독일인들과 가까워지기 어렵게 만드는 근본원인에는 독일어를 넘어선 무언가 재외국민에 대한 적대감이 있지 않을까 추측해 보는 바이다.

그럼에도 왜 독일이었는가? 나는 카이스트에 입학하기 전, 카이스트와 협약을 맺은 전 세계 학교의 리스트를 훑어본 적이 있었다. 학부 시절에도 그랬지만, 난 유럽이 좋았다. 여행하기도 좋고, 국경을 맞댄 27개의 나라가 각자의 언어와 다른 문화를 유지하며 대부분 같은 통화를 쓴다는 것도 매력적이었다. 언젠가 다시 만나자며 페이스북과 스카이프로 줄곧 연락해 온 유럽의 친구들을 다시 만나고 싶기도 했다. 그들과 나눴던 즐거웠던 시간을 함께 나누며, 스웨덴에서 가족처럼 의지한 친구들을 아내와 아이들에게 직접 소개하며 만난다는 것은 상상만으로도 흥분될 뿐 아니라, 내게 너무나 뜻깊은 일이었기 때문이다. 그중에서도 내가 선호하고 선택할 수 있는 나라는 네덜란드, 오스트리아, 스페인, 독일 등이었다. 아이들의 교육과 치안, 물가와 여행의 편의성, 다니고자 하는 대학원의 명성과 교육수준, 그리고 별도의 어학시험을 요구하는지의 여부 등을 고려했을 때 선택지는 하나, 독일이었다.

행복은 목표를 추구할 때 발생하는 부산물이라는 말을 들은 적이 있다. 하지만, 장기 해외생활을 위한 우리 부부의 준비과정은 마치 단기간의 해외여행을 준비하듯 설렘을 느낄 만큼 그리 녹록지 않았다. 그 어느 누구도 교환학생으로서 독일에 두 아이와 아내가 함께 1년간 살았다는 경험담도, 비자를 어떻게 얻었는지, 집을 어떻게 얻었는지에 대한 조언을 어디에서도 얻을 수 없었기에 더욱 막막했다. 게다가 학업과 업무를 병행하며 살 집, 은행개설, 의료보험, 다닐 유치원, 여차하면 첫째가 입학하게 될 독일의 초등학교, 가족들 비자 문제를 혼자 준비하는 것은 여간 버거운 일이 아니었다. 편하게 적응된 현재의 환경을 등지고 낯선 환경에 적응해야만 하는 아내의 걱정과 독일을 선택한 나의 고집으로 아내와의 갈등이 없었던 것도 아니다.

그렇지만, 누군가 나에게 인생 최고의 순간이 언제였냐고 물어본다면, 난 23살 군대 제대 후 보름 만에 가게 된 스웨덴 Jönköping(옌쇼핑) International Business School의 교환학생 시절 이야기를 주저없이 할 것이다. 전무후무한 외국 경험일뿐더러 군대를 제대한 후 보름 만에 인생 처음으로 가게 된 스웨덴 Jönköping행 비행기 속에서 난 내 안에 무언가 형언할 수 없는 새로운 도전과 기회가 기다리고 있음을 감지했다. 기분 좋은 두근거림을 안고, Råslätt(로슬렛)이라는 flat, 내 방에 도착했던 그날 그밤의 공기를 아직도 생생히 기억한다. 이어진 OT(오리엔테이션) 기간 동안 나는 항상 볼펜과 수첩을 들고 다녔다. 난 외국인 친구 모두와 이름을 부르며 인사하고 싶은 마음, 그리고 단지 아는 척하는 것이 아니라 그들의 특징과 사는 flat을 적어 놓고 기억해 두었다가 같이 밥 한 끼라도 먹고 싶은 마음에 처음 보는 외국인 친구의 이름과 특징,

사는 곳을 하나하나 수첩에 적어 두었다.

지난 학부 시절 1년간 스웨덴 Jönköping에서의 교환학생 시절, 언어와 문화가 다른 또래의 친구들과의 적극적인 교감을 했던 경험은 나 자신과 세상에 대해 눈을 뜨게 해 준 일대 사건이었다. 자신만을 돌봐야 했던 지난날과 달리 두 아이와 아내라는 다른 환경과 조건이 내게 주어졌지만, 한 가지 확신했던 것은 나와 우리 가족 모두 다녀오기 전보다 후에 몰라볼 만큼 성장하고 넓은 시야를 가지게 될 것이라는 점이었다. 내가 스웨덴을 다녀온 후 느꼈듯, 답답하고 지루한 일상 속에서도 "발은 땅에, 머리는 하늘에"라는 성경 구절처럼 현실에 발을 딛고 살지라도 혹은 그러한 선택을 하더라도 마음속에는 하늘과 같은 너른 꿈을 품고 살아가기를 바랐다.

독일이라는 나라, 독일 사람에 대한 이야기가 많다. 가까이하기에는 너무 먼 당신처럼. 그렇지만, 낯설지만 낯설기만 하지는 않을 수 있었던 이유는 결국 사람 덕분이었다. 어느 나라를 가든 그 역시 사람이 사는 곳이기에. 그 먼 타국에서도 뜻하지 않은 고마운 인연들(시리아, 이탈리아, 러시아, 한국 가정들과 아이들 또래 친구들)을 만난 건 아이들의 사교성과 부모들인 우리 의지의 결합, 그리고 커다란 행운 덕분이 아닐까 싶다.

　우리가 책을 읽고 영화를 보고 음악을 감상하는 이유는 저마다 다르겠지만, 책을 덮고 난 후, 영화를 보고 난 후, 음악감상을 마치고 난 후 그 여백의 시간 동안 나는 내가 알고 있는 세계가 한 뼘 넓어지기를 기대한다. 내가 알던 익숙한 인식의 틀이 부서지더라도 그 세계가 조금이나마 넓어지고 풍성해지길 바란다. 나는 아내와 가족 모두에게 선물과 같은 경험을 주고 싶었다.

인생의 화두를
정리하다

독일에서 보낸 육아휴직이라는 나와 가족만의 시간이 나에게 안겨 준 무수한 질문들이 있다. 때로는 여행 중 기차 및 공항에서, 때로는 샤워 중에, 때로는 길을 걷다가 써 내려간 1문 1답으로 그 생각을 정리해 두어야만 1년이라는 시간을 허투루 보내지 않고, 선택의 기로에서 길을 잃지 않을 것 같아 아래처럼 단답식, 혹은 문장으로 정리해 보았다. 독자 여러분도 육아휴직을 통해 1년이라는 시간이 주어진다면, 삶의 주도권을 나에게 가져오기 위한 나만의 화두가 무엇인지 생각해 보았으면 좋겠다.

• 돈이란?

하고 싶지 않은 것을 하지 않을 자유를 주는 수단.

• 일이란?

때로는 다른 책임을 회피하기 위한 핑계이자 누군가

에게 도움을 주고 있다는 '공헌감'을 주는, 나를 정의
하는 그 무엇.

• 가족이란?
삶의 이유. 가족 때문이 아니라 가족 덕분에 나는 살
고 있다.

• 책이란?
나의 스승이자 나의 흔적을 남기는 일. 호랑이는 가
죽을 남기고 나는 책을 남기고 싶다.

• 음악이란?
정서를 가다듬는 매체. 특히 듣는 것보다 부를 때 마
음이 평온하고 맑아진다.

• 죽음이란?
(사회적) 단절, (육체적) 소멸, (정신적) 고립, (정서
적) 두려움의 대상.

• 행복이란?

되돌아보며 미소 짓게 만드는 경험들의 집합.

• 책임이란?

어떠한 결과도 받아들일 수 있는 열린 선택에 대한 무게.

• 교육이란?

다양한 생각을 접하고 대화를 통해 생각을 나누며 나의 인생을 설계하는 데 도움을 주고받는 활동.

• 집이란?

편안함. 안식.

• 종교란?

맹목적인 모든 신념. 증명할 수 없음이라는 지적 나태함을 절대적인 신념, 존재로 치환하는 신기루. 신을 섬기는 일만이 종교는 아님.

• 휴가란?

평소보다 활동을 줄이고 인생을 단순화할 수 있는 시간.

《그 누구라도 섬이 아니다》라는 책의 저자 토마스 머튼은 "(역설적으로) 더 적게 행동하고, 보고, 맛보고, 경험할 용기가 있어야 인생을 더 알차게 살 수 있다."라고 말했다. 1년쯤 스스로에게 부여한 안식년 동안 나는 더 적게 행동하고, 보고, 맛보고, 경험할 용기를 배워야 한다고 다짐한다. 어떤 직함도 어떤 명함도 없는 맨 얼굴의 나를 마주하기 위해서.

• 어른이 된다는 것?

김애란의 단편 소설 《풍경의 쓸모》에서 이런 대사가 나온다. "어른이 별건가? 지가 좋아하지 않는 인간하고도 잘 지내는 게 어른이지." 그런데, 잘 지낸다는 것은 어떻게 한다는 것일까? 좋아하지 않더라도 그 관계에 최선을 다해야 한다는 뜻일까? 적어도 소중한 사람에게 써도 모자랄 나의 한정된 에너지와 시간을 내 인생에서 전혀 중요하지 않다고 생각하는 사람들에게 할애해야 한다는 뜻은 아닐 것이다. 관

계와 정치의 역학 관계를 따지기에 앞서 '나는 누구
다'라고 말하기까지는 무엇보다 균형감각이 중요하
다고 생각한다. 후지아라 가즈히로는 《책을 읽는 사
람만이 손에 넣는 것》에서 "균형감각은 자신과 지면
(지구), 자신과 가족, 자신과 타인 등 세상 전체와 자
신이 얼마나 적절한 거리감을 유지할 수 있는지의
능력."이라고 했다. 핵심은 거리감이다. 타인뿐 아니
라 나 자신과도 적당한 거리감을 유지해야 자기 객
관화가 가능한, 스스로의 한계를 인정하는 성숙한
인간, 리더, 더 나아가 내 삶의 주인공이 될 수 있지
않을까.

• 규칙이란?

회사생활을 하며 달라이 라마의 말을 곱씹게 된다.
편법도 정공법을 알아야 할 수 있기에. 그는 "규칙을
잘 알아야 효과적으로 그 규칙을 잘 깰 수 있다."라
고 말했다. 또한, 프랭클린 루즈벨트는 "모든 규칙이
반드시 성스러운 것은 아니다. 원칙이 성스러운 것
이다."라고 했으며, 작가 마크 트웨인은 "인생은 짧
다. 규칙을 깨라. 당신을 미소 짓게 할 수 있다면 후

회하지 마라."라고 충고했다.

• 개인주의란?
나만큼 타인을 존중하는 마음이라고 생각한다. 따라서 개인주의를 유지하기 위한 중요한 전제 조건은 상호 존중이라고 생각한다. (프랑스 마르세유 노트르담 성당 올라가는 길에서)

Part 2

4인 가족,
무비자로 독일에서
장기 체류하기

Herzlich Willkommen
in Deutschland!

    독일 만하임에 오기 전 교환학생의 수기들과 네이버의 그랬다더라(일명 카더라 통신), 여러 독일 지역 카페에 가입하여 유사한 사례를 샅샅이 뒤져 봤지만 교환학생 신분으로 1년 동안 가족을 데려와서 입국 심사를 받고 비자를 받아 유치원에 보내고 잘 살고 있다는 안도의 한숨을 안겨 줄 반가운 수기가 단 하나도 없었다. 그나마 조금의 도움을 받은 후기가 있다면 대학생들이 작성한 교환대학 경험 수기 정도였지만, 어디까지나 학부생들에게 적용 가능한 이야기일 뿐이었다. 블로그를 통해 접한 경험담은 대부분 남편이 직장이 있거나 국제결혼을 한 부부의 이야기로, 참고가 되긴 하겠지만 나에게 적용하기는 어려운 사례뿐이었다. 나와 같은 분들이 묵묵히 살고 있는지 아예 없었는지는 주변과 인터넷을 찾아봐도 찾을 수 없었지만, 현지 교환학생들을 돕는 독일의 코디네이터에게 물어보아도 나와 같은 케이스는 본 적이 없다고 했다. 그래서 나도 내가 최초라고, 나와 비슷한 사례는 없다고 단정지어 버렸다. (그리고 현지에 도착해서도 내가 유일한 케이스임을 다시 한번 알게 되었다)

2018년 9월에 교환학생 선발 면접을 치르고 10월경 발표가 난 후, 독일 만하임 대학교의 입학 허가증을 받고 독일로 출국하기 전까지 나와 우리 가족에게 주어진 준비 기간은 약 3개월 남짓. 이 글을 읽고 혹여 가족들과 함께 필자처럼 학생으로서 독일 비자를 준비하다 보면 느끼겠지만, 나는 당시 집-은행-재정보증-비자라는 vicious circle(악순환)에 빠져 있는 자신을 발견하게 되었다. 비자와 집을 구하자니 재정보증이 필요하고, 시중 은행에서 계좌를 개설하자니 비자와 거주할 집주소를 요구하는 아이러니. 하지만, 고군분투 끝에 그 어려운 1년간 살 집 구하기, 두 아이의 유치원 자리 확보, 비자도 없이 7개월간 유효한 비행기 티켓 예약, 에어비앤비를 통한 임시 숙소와 독일 공항에서 숙소로 이동할 렌터카 예약, 비자발급에 필수인 의료보험 가입은 물론, 온라인으로 은행계좌 계설까지의 모든 준비를 출국 2주 전 간신히 마치게 되었다. 아울러, 1년간 생활할 옷가지와 이제 막 한글을 뗄 나이인 7살 딸을 위해, 그리고 5살 아들에게 읽어 줄 최소한

의 한글 동화책과 공부거리 등을 이민가방에 욱여넣어 허용 무게를 초과한 채로 용감하게 준비를 마친 상태였다. 참고로, 출국 전에 만하임 지역 내에 있는 도서관(학교 도서관, 시 도서관, 어린이 도서관)에 모두 이메일로 도서관 내 보유한 한글책이 있는지 문의했으나 없다는 답변을 받았으며 실제 현지에 도착해서도 없음을 확인했다. 독일 체류 중, 한국인 건축가가 설계하고, 건물 외벽에 "도서관" 이라고 한글로 새겨 넣은 슈투트가르트에 있는 시립 도서관을 방문했을 때, 〈몽실언니〉와 같은 1990년대 출판된 한글책을 발견한 것이 그나마 위안이었달까. 무엇보다 가장 우려스러웠던 것은 1년을 살 작정으로 왔으면서 내가 받은 학생비자 외에 가족 비자 하나 없이 공항 입국 심사를 무사히 통과할 수 있을까 하는 점이었다. 11시간이 넘는 비행 시간, 그리고 목적지인 프랑크푸르트에 도착하기 1시간 전부터 줄곧 난 초조했다. 나는 아내에게 말했다.

"자기야, 만약 입국이 거절되어서 자기랑 애들만 돌아가야 하면 어떡하지?"

공군은 입대 시에 체력시험을 본다. 이는 마치 공군 입대 후, 훈련병이 입대 체력시험에 떨어져 집에 다시 돌아가는 것과 같은 당혹감과 허탈함이랄까? 아내는 날 안심

시켰다.

"아냐. 자기가 준비 많이 했으니까 잘되겠지. 혹, 안 되면 조용히 우리 집에 들어가 있다가 다시 와야지 뭐."

그녀는 이미 9시간 전 시댁 식구와 작별 포옹할 때, 한참을 못 볼 것처럼 눈물도 한 방울씩 흘렸더랬다.

우리가 도착한 프랑크프루트 공항의 실내 분위기는 드넓고 조금 어둡고 낡은 느낌이었다. 현지 시간으로 저녁 7시, 한국 시간 새벽 3시에 졸린 눈을 비비며 지친 아가들을 안고, 우리 부부는 조금은 상기된 표정으로 입국 심사장 앞으로 성큼 다가갔다. 동시에 나는 미리 예약한 렌트카 회사의 공항 내 위치와 예약 시간을 계속 확인하며 입국 시간이 많이 지체되지 않을까 노심초사하느라 여간 신경이 곤두선 게 아니었다. 입국 심사 줄에 도착하자마자 우리 앞에서 입국 심사를 받던 어떤 한국 여성은 무슨 문제가 있는지 심사에 막혀 발을 동동 구르고, 내 뒤의 남성 가이드는 "쓸데없는 말을 할 필욘 없습니다. 입국 심사는 케이스 바이 케이스예요."라며, 단체 관광객을 잔뜩 겁주며 자신의 존재 가치를 한껏 뽐내는 중이었다. 드디어 우리 가족 차례가 되었을 때, 나에게 입국 심사관은 얼마나 머물 거냐고 물었다. 참고로 우리 부부는 7개월짜리 항공권을 끊고, 첫째 아이가 독일 초등학교에 입학해야 한다면 한국에 돌아오는 것으로, 아니면 수수료를 물고 5개월 연장하는 비행기 티켓을 발급하는 전략을 취했다. 1년짜리 오픈 티켓은 너무 비쌌기 때문이다. 게다가, 이미 한국에서 출국할 때 항공사 직원은 (가족 비자가 없기에) 입국이 거부되더라도 항공사에 책임을 묻지 않겠다는 서약서를 요구했고, 난 거기에 서명을 했다.

"Seven months."

"Seven months?"

입국 심사 담당이 나의 대답을 되물었을 때, 기다렸다는 듯 학생비자, 합격증명서, 재정보증서, 보험, 살 집 등 준비해 온 시나리오를 줄줄 읊었다. 다행히 아이들과 아내의 얼굴을 여권과 대조해 본 후, 도장을 찍어 주던 그. "Vielen Danke!" 드디어 큰 관문 하나를 넘었다! 독일 입국 심사장을 넘어 독일 땅에 입성한 것이다. 하지만, 그 기쁨도 잠시. 우리 네 가족은 적정 수화물 무게인 92kg을 7kg이나 초과한 이민가방 셋, 28인치 캐리어 하나, 20인치 캐리어 둘과 두 아이들 손을 잡고, 오늘 밤 마지막 관문인 '렌터카 타고 숙소 찾아가기' 미션에 돌입했다.

렌터카는 프랑크푸르트 공항 Terminal2에 있었는데 겨우 헤매다 인천공항처럼 터미널을 오가는 지상열차가 있음을 발견한 후, 무사히 Europcar라는 렌터카 회사에 도달했다. 이미 아이들은 지칠 대로 지쳐 물 달라, 다리 아프다를 연신 외치며 떼를 쓰고 있는 중이었다. 우리는 예약한 차보다 훨씬 좋은 Volkswagen의 파란색 Touran에 힘겹게 여섯 개의 짐과 두 개의 가방을 욱여넣고 한국에서 미리 예약한 에어비앤비를 향해 아우토반에 올랐다. 입국의 기쁨과 시차에 적응할 새도 없이 난 얼떨결에 꿈에 그리던 독일 아우토반 위를 한밤중에 달리고 있는 나를 발견했다. (나의 버킷리스트 하나가 이루어진 순간이었다) 긴장되고 모든 것이 새로웠지만, 나만 바라보고 이곳까지 함께 와 준 가족들에게 고맙고 미안한 나머지 피곤한 내색조차 할 수 없었다.

한국에서 출국하기 1주일 전 다쳐 깁스를 한 발을 브레이크 옆 한 켠에 걸쳐 둔 채, 피곤하여 단잠에 빠진 아이들과 아내를 뒤로하고 정신없이 달리다 보니 어느새 허허벌판의 숙소 앞에 도착했다. 구글맵을 통해 몇 번이나 머릿속에 그려 왔던 지역이지만, 막상 도착하니 깜깜한 밤 속에서 예약한 숙소의 형태를 찾을 수 없었다. 우여곡절 끝에 집주인과 WhatsApp으로 연락이 되어 열쇠로 문을 열고 깁스한 발을 이끌며 100kg에 육박하는 짐을 4층까지 끌고 오르락내리락 6번을 한 끝에 짐을 푼 후, 임대한 차를 근처 주유소 공터에 안전하게 주차하였다. 모두 파김치가 되어 버렸지만, 나는 집 근처 주유소에 위치한 야간 편의점에서 다음 날 먹을 아침을 사서 집으로 들어와 오늘 하루 일어난 낯선 사건과 기분을 글로 풀어내 정리해 보았다. 피곤함은 나만을 믿고 따라와 준 가족 앞에서 사치였다. 밤공기는 차가웠지만, 조금은 들뜬 기분을 안고 잠이 들었다.

여기는 독일, 나와 우리 가족은 지금 만하임에 있습니다.

숫자로 보는 독일,
그리고 만하임

비행기로 여행하는 일반 여행객의 입장에서 어떤 나라에 도착하든 가장 처음 마주하는 그 나라의 이미지는 비행기의 승무원부터 입국 심사 직원, 공항, 날씨, 음식, 만난 사람들 그리고 그날의 나의 기분과 컨디션처럼 내가 제어할 수 없는 많은 주관적인 요소들로 인해 굳어지거나 변화하거나 어떻게든 각인된다. 그래서 어느 나라, 어느 도시에 살았어도 그 나라의 문화와 사람들을 온전히 객관적으로 이해한다고 말하기가 조심스럽다.

스웨덴 교환학생 시절, 스웨덴이 복지국가라는 사실을 나는 노인들의 표정에서 읽을 수 있었다. 마찬가지로, 나는 사회안전망이 촘촘하다는 독일의 복지를 스웨덴처럼 어르신들의 표정에서 느낄 수 있었다. 그들의 여유는 이유가 있었다. 우리 나라는 내가 질병에 걸리거나 실직을 하거나 일을 할 수 없는 등 여타의 예상할 수 없는 위기가 닥쳐와도 개인이 온전히 감내해야 하는 비용이 독일 시민 평균보다는 월등히 높음을 숫자를 통해 알 수 있었다. 이처럼 내가 1년간 가족과 함께 살았던 독일이라는 나라, 만하임이라는 도시를 나름 객관적인 숫자로 이해해 보고 싶었다. 숫자에 담긴 제도와 경제수준, 사회 문화적인 요소를 나의 준거집단인 한국의 사회와 비교해 보면서 읽다 보면 어느 정도 이해의 토대는 갖추어지지 않을까 기대해 본다.

만하임의 상징인 Wasserturm(급수탑)의
여름과 겨울(크리스마스 마켓)

- 8,378만: 독일의 인구수.

- \$1.40 Tn[2]: 독일의 2020년 기준 총 수출액으로 전 세계 3위를 차지함. 한국은 5위(\$577.40 Bn).

- 685[3]: 세계 수출시장 점유율 1위 품목 보유 수. 중국 (1,735개)에 이어 2위.

- 16: 독일 연방주의 수.

- £46,427: 독일 1인당 GDP.

- 25.1%[4]: 2018년 기준 독일이 사회복지에 사용하는 GDP 대비 비율(1인당 연간 \$10,598 지출). 세계 8위. 우리 나라는 11.1%로 1인당 연간 약 \$3,493를 지출하며 세계 35위 수준임. OECD 평균은 \$7,071.

- £1,388~1,404[5]: 독일 1인당 월평균 연금 수령액. 독신 남성 1,404유로, 독신 여성 1,388유로. 우리 나라는 20년 이상 국민연금에 가입한 사람에 한해 월 평균 93만 원을 받고 있다.[6]

- 11.2°C[7]: 만하임의 연평균 기온. 가죽재킷과 방수재킷은 독일 전역 및 만하임에서 필수 아이템이다. 워낙 날씨 변덕이 심해서 한여름에도 밤낮 기온 차가 심할뿐 아니라 수시로 비가 내리기 때문이다.

- 6.1개월[8]: 만하임에서 1년 중 맑은 날, 즉 해를 볼 수 있

는 평균적인 시간으로 4월 4일부터 약 10월 7일까지 지속된다. 말 그대로 유럽에 왔음을 느낄 수 있는 천국 같은 날씨, 미세먼지 없는 깨끗한 하늘, 피크닉과 태닝을 즐기러 나온 시민들이 식상한 표현이지만 정말 그림 같았던 시간이다. 물론 비도 오고 흐린 날도 있었지만 10월부터는 정말 어둠의 자식(?)처럼 아침부터 저녁까지 어제가 오늘 같고 오늘이 어제 같은 깜깜하고 축축하고 우울한 날씨가 계속된다.

• 5.9개월: 만하임에서 1년 중 흐린 날, 즉 해를 보기 어려운 평균적인 시간으로 10월 8일부터 3월 말까지 지속된다. 우리 부부의 음주량이 급격히 증가하고 난생처음 부족한 일조량을 보충하기 위해 비타민D를 우리 가족 모두 챙겨 먹던 시기로, 자칫 무기력하고 우울해지기 쉬운 시간이다. 만하임에서 기차로 30분이면 도착하는 Karlsruhe라는 도시는 독일에서 일조량이 가장 많은 도시라고 한다. 그 도시 근처에 위치한 만하임은 독일에서 그나마 날씨가 가장 좋은 도시라고 하지만, 가을과 겨울 쉽게 해를 볼 수 있었던 한국에서 살던 우리 가족에게는 해라도 비치는 날이 사치로 느껴질 만큼 만하임과 독일에서 해를 만나기 어려

웠다. 날씨가 좋은 근처 이탈리아, 포르투갈, 스페인 등으로 여행을 가거나 아이들과 보드게임 등을 하며 가족과 서로 끈끈해지는(?), 아니 끈끈해져야만 하는, 원기를 충전해야 하는 시간이었다. 휴가는 이 시기에 계획해 보자.

- 310,658 & 16,838[9]: 2019년 기준 만하임의 인구수 및 만하임 내 튀르키예인의 인구. 가장 큰 비율을 차지하며 Marktplatz(중앙시장) 근처에 Turkish Town이 있을 정도이다.

- 2nd: 만하임은 바덴뷔르템베르크(Baden-Württemberg) 주에서 슈투트가르트(Sttutgart) 다음 두 번째로 큰 도시이다.

- £67,775: 만하임의 1인당 GDP. 아까 독일 1인당 GDP가 46,000유로가량 했던 것을 기억하시는지. 통계에서도 알 수 있듯이 만하임이 속한 바덴뷔르템베르크 주는 독일에서도 부촌에 속한다. 만하임과 인근 도시 발도르프(Waldorf)에는 BASF, SAP와 같은 세계적인 독일 기업의 본사가 위치해 있지만, 생활물가는 저렴한 편이다.

- 56%[10]: 영어로 대화가 가능하다고 답한 독일인 비율

(정말?). 통계는 이러했지만, 관공서 및 일반 상점은 영어가 불가해 불편한 경우가 많았다. 만하임이 대도시나 관광도시가 아니기 때문일 거라고 추측해 본다. 일단 독일에 왔으면 독일어를 배우자! 참고로 이웃나라 네덜란드에서 영어로 의사소통이 가능하다고 답한 비율은 90.9%.

• 2%[11]: 의료비용 법적 부담비율. 세후 소득의 2% 이상 부담하지 않음. 2%를 초과하는 비용은 국가가 부담. 만성질환의 경우 그 부담비율이 본인 소득의 1%를 초과할 수 없다.

• 28일: 병원에 입원 시 28일까지 매일 10유로씩 본인이 부담하며, 그 이상 장기 입원 시 초과분은 국가가 부담한다.

• £204 to £235[12]: Kindergeld(킨더겔트)는 6세~11세 사이 자녀를 둔 부모가 받게 되는 양육수당. 자녀 수에 따라 금액이 다름. 단기 체류한 우리 부부도 아내가 비취업자이나 취업 가능한 인구로 분류되어 지원받을 수 있었던 고마운 혜택이었다. 참고로 Kindergeld는 자녀가 대학교까지 다니게 된다면, 자녀 나이 25세까지 지원받을 수 있다.

- **20분:** 만하임 중앙역(Hauptbahnhof)에서 하이델베르크 중앙역까지 기차로 걸리는 시간. 유명한 관광지이자 대학도시로 알려진 하이델베르크가 트램을 타고 갈 수 있을 만큼 가까운 거리이기에 주말에 종종 가족들과 관광 삼아, 폭죽 놀이 축제를 보러, 혹은 크리스마스 마켓을 구경하러 등등 자주 갈 수 있는 큰 이점이 있었다.

- **£10:** 하루 평균 4인 가족 기준 장바구니 물가. 무엇보다 한국 소비자로서 한국의 유통 시스템에 대해 분통이 터지게 만드는 경험 중 하나였다. 우유 1000ml, 사과 2알, 배 1, 돼지등심 500g, 페스토소스, 파스타면, 모짜렐라치즈 등 10유로로 살 수 있는 것들이 이렇게나 많다는 것을 (한국에만 살아서) 처음 알았다. 가끔 생필품이 떨어지거나 와인 구매와 같은 사치를 부려도 30유로를 넘기 어려웠다. 우리나라 마트에서는 고기 한 근, 와인 한 병, 간식 조금 사면 10만 원(약 80유로)은 우습게 지출되는 현실이 다시금 억울하고 (독일인들이) 부러웠다.

Part 3

독일의 교육,
그 궁금했던
세계 속으로

학습이 없는 유치원,
아이들과 함께 놀아 주는 선생님

나에게 교육의 의미를 묻는다면 앞서 밝혔듯, 나는 다양한 생각을 접하고 대화를 통해 생각을 나누며 나의 인생을 설계하는 데 도움을 주고받는 활동이라고 답할 것이다. 다양한 생각을 접하고 대화를 하기 위해서는 열린 질문, 성숙한 토론 문화가 뒷받침되어야 할 것이며, 교육이나의 인생을 설계하는 데 도움을 주고받을 수 있을 만큼실용적이기도 해야 한다는 뜻으로 풀이하고 싶다.

혼히 독일 유치원 하면 떠오르는 숲 유치원, 발도르프교육(Waldorfpädagogik), 규율이 엄격한 선생님, 자율과통제의 균형을 떠올리며 우리 부부만의 환상에 젖은 것도잠시. 유치원에 입학하는 것은 한국이나 독일이나 하늘의 별 따기, 아니 전쟁이었다. 나는 독일로 출국하기 다섯달 전부터 만하임과 근처 루트비스하판(Ludwigshafen)이라는 도시의 모든 유치원 30~40여 곳을 샅샅이 찾아보며 입학 담당자와 수많은 메일을 주고 받았지만, 우리 부부와 아이를 위한 자리는 없었다. 그냥 안 된다, 없다는 말 대신에 평균 6개월에서 1년은 기다려야 한다는 것이 그나마 희망적인(?) 답변이었다. 1년을 정말 육아휴직이라는 의미에 충실하게 아이와 집에서 보낼 생각을 하니 막막했다.

그러던 우리에게 기적처럼 만하임 대학교의 병설 유치원 격인 Kinderhaus에서 출국 2주 전에 유치원 원장 선생님으로부터 메일로 연락이 왔다. 이렇게 연락이 오기까지 나의 간절함을 전달하기 위해 만하임 대학의 international office 담당자에게 수십 통의 메일을 보내고 통화를 했던 일, 영어가 어려운 원장 선생님을 위해 독일어로 편지를 쓰며, 출국 한 달 전엔 직접 면담을 통해 나의 간절함을 호소하려 했던 노력도 강조하고 싶다. 원장 선생님 메일의 내용인즉, 당신의 아이를 위한 두 자리가 있는데 아직도 관심이 있냐는 것이었다. Of course! 자동차 안에서 그 소식을 들은 우리 부부는 바로 인터넷을 통해 원장 선생님께 드릴 한국 전통 수저를 구매하며 쾌재를 불렀다.

우리가 입학하게 될 만하임의 유치원은 우리나라식으로 이해하면, 만하임 대학교의 병설 유치원이었다. 즉, 만하임 대학교 및 대학 병원의 교수, 교직원 및 학생 등 교내의 학부모들이 학업 혹은 직업과 육아를 병행토록 돕는 시설이다. 해당 유치원 웹페이지의 소개글을 보며 우리 부부는 기대에 부풀었었다. 영어에 프랑스어에 각종 교육 과정에 식단도 채식주의를 위한 식단이 있는 등 커리큘럼이 너무 훌륭해 보였다. 우리 부부가 그래도 아이들에게 국제 유치원을 경험하게 해 주겠구나 하는 자부심에 들떠 있었던 것이다. 물론 그 기대는 오래 지나지 않아 무너졌다. 무너졌다는 표현은 부정적인 표현이기에 웹페이지의 설명과 달라 조금 실망했다고 표현을 정정하자.

아이들은 유치원 생활 내내 독일어만 사용했으며 커리큘럼에 소개된 수업들은 독일어가 부족한 우리 아이들에게 해당되지 않거나 얼마 안 가 폐지되었기 때문이다. 하지만 앞서 얘기했듯 독일도 우리나라 못지않게 유치원에 합격하는 일이 너무나 힘들어 몇 년씩 기다려야 할 정도라는 이야기를 들은 적이 있기 때문에 1년 동안 아이를 맡아 줄 시설이 있다는 것 만으로도 감사했다. (만하임 유치원 현황과 지원방법은 부록 참고)

여기에서 저지르기 쉬운 일반화의 오류는 우리 부부와 아이들은 만하임의 Kinderhaus를 경험했을 뿐, 독일의 모든 유치원을 경험하지는 않았음에도 불구하고 '독일 유치원은~'이라고 말하는 것이다. 마치 독일인인 내 친구를 예로 들며 '독일인들은 말야~'라고 하는 것처럼. 우리가 경험한 샘플의 수는 극히 제한적이기에 독자들도 그런 오류에 빠지지는 않도록 노파심에 언급한다. 그렇지만, 모든 독일 유치원과 교육을 경험할 수 없는 모든 독일의 부모와 마찬가지로 우리 부부와 아이들도 독일 유치원을 경험한 것은 분명하다. 또한, 만하임 대학교 교직원과 교수, 학생들의 국적이 다양한 탓에 우리도 덩달아 진정한 국제 유치원을 경험할 수 있었다는 것 또한 사실이다. 그것도 아주 만족스러운 등록금으로 말이다. 그래서 우리 부부, 우리 가족이 경험한 Kinderhaus를 하나의 사례로써 이해해 주었으면 한다.

2019년 1월 28일 독일에 도착한 우리 네 식구는 시차가 채 적응도 되기 전 1월 30일 다국적 아이들이 뛰노는 인터넷상의 이미지와 독일 유치원에 대한 환상을 품고 원장 선생님과의 첫 만남을 가지게 되었다. 인터넷에서는 그 크기를 가늠하기 어려웠지만, 막상 실제로 보니 20명 남짓의 아이들과 선생님 네 분을 수용하기에는 교실이 다소 좁아 보였다. 독일어를 못 하는 우리 부부를 배려하여 원장 선생님을 대신해 아이들이 배정받게 될 반에서 영어를 할 줄 아시는 Fatih 선생님과 함께 첫 등교일과 준비할 것들, 하지 말아야 할 것들이 적힌 빨간색과 노란색 종이, Kinderhaus에 대한 brochure와 등록금 송금에 대한 안내를 받았다.

첫 학기가 시작된 2월 4일부터 1주일간은 약 한 시간가량 부모들의 참관하에 적응하는 기간을 가지도록 했다. Kinderhaus는 나이에 따라 Lummerland, Sonnenblumen, Dschuglebande, Gänseblümchen, Tigerenten, Wichtelstube 총 6반으로 나뉘어져 있으며, 각 반에 약 20명가량의 아이와 2~3명의 교사가 배치된다. 그중 Dschunglebande에 배치된 우리는 한 반에 4명의 선생님과 약 15명 남짓의 아이가 배정되었다.

독일은 한국보다 1시간 정도 일찍 아침이 시작된다. 초등학교를 가는 아이들은 아침 7시 30분까지, 유치원을 가는 아이들도 7시 50분부터 등원이 가능하다. 직장인들도 오전 7시, 혹은 8시가 일반적인 출근시간이다. 이처럼 우리나라 유치원과 달리 일찍 출근하는 워킹 맘과 대디를 배려해 아침 8시부터 맡기고 가는 부모와 떨어지기 싫어 우는 아이, 동그란 테이블에 서로 옹기종기 앉아 Bretzel(소금, 설탕, 이스트, 밀가루, 따뜻한 물을 넣은 반

죽을 길게 만들어 가운데에 매듭이 있는 하트 모양으로 구운 독일 빵)과 과일을 아침으로 얌전히 먹는 아이들의 풍경을 보자니 새삼 여기가 외국이라는 것을 실감하게 되었다. 우리 부부도 다른 독일 아이들과 크게 다르지 않게 과일이나 빵 종류의 아침을 주로 챙겨 주었다. 오전 7시에 일어나 아침을 먹고 집에서 가장 가까운 역까지 약 3분을 걸어 트램을 타고 다섯 정거장을 내려 유치원에 바래다주고 항상 그날의 저녁거리를 사기 위해 마트(Lidl, REWE, Asia Market)를 갔던 아내와의 지난 1년의 routine이 지금도 눈앞에 아른거리는 듯하다.

여기서 관찰한 우리나라 유치원과의 또 다른 차이점 하나는 유치원에 무슨 특별한 프로그램이 없다는 것. 아이들이 돌아다니면 돌아다니는 대로, 하고 싶은 놀이가 있으면 하고 싶은 대로 선생님은 지켜보고 맞춰 준다. 오후 5시 아이들을 데리러 갈 때쯤 항상 놀이터에서 mud pants(독일어로는 matsch hose)를 입고 뛰놀거나 땅을 파며 하루가 저물었던 기억이 난다. 2학기에는 새 원장 선생님이 오시면서 Waldtage(숲 체험하는 날)이라는 것이 매주 금요일 생기는 바람에 mud pants와 더불어 휴대용 방석, 물, 간식 등을 배낭에 싸서 7시 50분까지 등교시키느라 애먹었던 기억이 난다. 아이들은 첫날만 빼고 싫어라 했지만 속물인 우리 부부는 독일까지 와서 숲 유치원 (Waldorfpädagogik) 체험을 아이들에게 시켜 준다고 은근 뿌듯해했다.

첫째와 둘째 아이는 첫 학기 동안 이른바 반에서 유명한 남자와 여자 bully에게 시달렸다. 독일어라는 언어장벽에도 주눅 늘었다. 그동안의 경험과는 완전히 다른 새로운 환경도 일종의 스트레스였을 것이다. 이를테면, 밥과 반찬을 주던 어린이집 및 유치원과 달리 채소와 파스타가 제공되는 점심식사는 물론 선생님과의 수평한 관계 (이름 부르기, 포옹, 함께 바닥에 앉아 놀기 등), 선생님을 둘러싼 생소한 자리 배치부터 짜여진 스케줄 없이 마음껏 놀고 하고 싶은 것을 할 수 있는 자유로움까지 성인에게도 생소한, 아이들에게는 다소 충격이었을 독일에서의 유치원 생활 한 학기가 그렇게 흘렀다. 그나마 한 달에 한 번은 갔던 주변국으로의 여행이 우리 부부와 아이들에게는 단조로운 생활을 벗어난 일종의 탈출구가 되어 주었다.

하지만, 2학기가 되자마자 독일 입국 전부터 해결되지 않은 문제에 다시 골머리를 앓게 되었다. 첫째 아이가 독일 기준으로 6세가 되었기에 그해 9월 의무적으로(법적으로) 독일 초등학교에 입학해야 한다는 사실 때문이었다. 독일어는 물론이고 새로운 환경에 아직 적응이 필요한 아이에게 다소 무리라는 판단이 들었지만, 이 또한 1년 단기 체류 예정인 어느 가족에서도 사례를 찾아보기 어려워 마땅히 물어볼 곳도 없었다. 만하임 대학교의 학생처에 문의와 도움을 요청했으나, 원칙적으로 독일 초등학교에 보내야 한다는 답변만이 돌아왔다. 나는 일단 부딪혀 보자, 우리의 사정을 설명해서 유치원을 연장하는 쪽으로 초등학교 교장 선생님과 유치원 원장 선생님께 부탁해 보자고 아내를 안심시킨 뒤, 하나씩 일을 처리해 갔다. 유치원과 첫째 아이가 배정받은 초등학교의 교장 선생님을 각각 따로 만나 면담을 진행한 것이다. 다행히도 두 교장 선생님 모두 우리의 특별한 사정을 이해해 주셨다. 덕분에 첫째 딸은 독일 초등학교 입학을 미룸과 동시에 유치원 등원 기간을 한국 귀국 시점까지 연장할 수 있었다. 하마터면, 한국과 독일 초등학교에서 두 번씩이나 입학식을 치르며 적응에 애를 먹었을 딸을 생각하며 우리 부부는 안도와 동시에 또 하나 특별한 경험을 한 듯했다. 그렇다면, 과연 지난 1년간의 경험을 통해 우리와 우리 아이들은 얼마나 성장했을까?

마음이 맞는 친구를 사귀고, 독일어로 놀림받던 아이들은 언제부턴가 놀이터에서 독일어로 다른 친구들과 소꿉놀이를 하며 놀고 있었다. 우리 부부가 모르는 단어나 궁금한 독일어가 있으면, 첫째 아이에게 물어보곤 했다. 아이들은 유치원의 낯선 환경과 언어 때문에 더 이상 눈물 흘리지 않았다. 유치원 식사가 맛없다는 투정을 더 이상 하지 않았다(이건 체념 때문인 듯하다). 채소를 안 먹던 둘째 아이는 날것의 당근을 간식으로 싸 달라고 하고, 집에서는 독일어로 두 남매가 소꿉놀이를 했다. 아이들의 언어와 환경에 대한 놀라운 적응력은 글이나 학습을 통해 들은 바 있지만, 독일어는 물론 알파벳이나 영어에 대한 지식도 거의 없다시피 한 두 아이의 향상된 언어 실력과 적응력을 실제 두 눈으로 목격하니 놀라울뿐더러 아이들이 대견하기까지 했다. 독일에 오기 전 아이들이 새로운 환경에 적응하느라 야경증(밤에 자다가 일어나서 소리를 지르며 잠을 자주 깨는 현상)에 걸리지 않을까 걱정했던 아내도 아이들의 성장과 적응력에 감사하면서도 뿌듯해했다.

자율과 방임 사이, 그 사이에는 원칙과 통제 가능성이라는 두 가지 요소가 있다. 흔히 자녀가 하고 싶은 대로 두는 것을 자율로 착각하기 쉽지만, 자기 스스로 정해진 원칙과 통제가 가능한 상태가 되어야만 우리는 자율성을 가진 상태라고 할 수 있을 것이다. 아직은 스스로 규칙을 세우고 자신의 행동을 통제하기 어려운 아이들에게 무한한 자유를 허락한 후, 그 결과에 대해 책임지라는 태도 또한 방임에 다름 아니다. 1년만에 두 아이들이 자율성을 지닌 아이로 성장했냐고 묻는다면, 아직 갈 길이 멀었다고 답하겠지만, 독일 생활 중 우리 부부가 깨달은 하나의 교육 철학은 아이가 스스로 해낼 때까지 기다려주어야 한다는 것이었다. 주변을 둘러보다가 혼자 힘으로 신발을 신고 벗거나, 서투른 몸짓으로 가방을 걸고 재킷을 벗는 아이들을 보다 못해 도와주는 부모들은 우리밖에 없다는 것을 문득 깨닫게 되었다. 아이가 스스로 설 수 있도록(自立) 기다려 주고 도와주는 역할, 독일 유치원을 통해 느낀 작은 실천 지침이었다.

만하임 대학,
독일 대학의 수업 전에 알아 두면 좋을 것들

만하임은 관광지로 알려진 도시는 아니지만, 만하임 대학교는 독일 내에서 경영학으로 가장 우수한 대학교로 알려져 있으며 특히, 경영학과 경제학, 사회과학 분야에서 여러 랭킹과 시상, 평가 등을 통해서 독일 최고의 대학 중 하나로 꼽힌다. 내가 몸담았던 Mannheim Business School(만하임 경영대학원)은 2005년에 설립되었으며, 독일 내 가장 우수한 비즈니스 스쿨로 평가받고 있고, 유럽 내 비즈니스 교육을 선도하는 기관 중 하나이다. 앞서 언급했듯, 독일을 교환학생 기간을 보낼 국가로 결정했던 주요 요인 중에 만하임 대학교의 명성 또한 큰 몫을 차지했다.

무엇보다도 한국과는 사뭇 다른 출결과 시험을 비롯한 독일만의 흥미로운 대학수업 방식을 언급하지 않을 수 없다. 우선, 수강신청을 하면 팀발표를 요구하는 수업이거나 Syllabus에 출석이 의무사항이라고 언급되지 않은 이상 출석이 필수가 아닌 수업이 상당히 많다. 또한, 수강신청을 완료했다고 자동적으로 시험을 볼 수 있는 것이 아니기에 정해진 기간에 시험신청을 별도로 하고 해당 수업에서 요구하는 일정 수준 이상의 성적을 받아야 과목이수가 된다. 참고로 학점은 1점~5점으로 나오며, 1점이 우리나라 대학점수로 환산하면, 4.3점(A+)이라고 보면 된다.

또 다른 흥미로운 점은 intensive course라는 수업이다. 말 그대로 1주, 2주 또는 한 달가량을 집중적으로 수강하여 보통 한 학기에 해당하는 세 달 과정을 속성으로 끝내는 수업이다. 중간중간 이러한 과목을 수강하여 가족과의 휴가계획이나 여행계획을 세우는 데 요긴하게 사용했던 시스템이었다. 물론 수업의 타이틀에 걸맞게 읽고 공부해야 할 양도 단기간에 무자비하게(?) 많은 말 그대로 intensive한 수업이다.

시험은 철저하게 암기식 위주이다. 'learn by heart'라는 영어표현처럼 정말 나누어 준 프린트, 응용문제를 꼼꼼히, 아주 샅샅이 읽어야 겨우 통과가 가능할 정도로 시험의 난이도가 높고 학생들의 열의와 수준도 상당하기 때문에 만만히 보았다가는 재시험을 보거나 학점 이수를 못하게 되는 불상사가 발생할 수도 있다. 시험시간은 과목마다 다르지만 보통 40분 내지 60분이 주어지는데 시험장에 들어가기 전, 여권이나 학생증을 필히 지참해야 하며, 막상 작문을 하거나 의견을 묻는 주관식 시험에 답할 때면 정말 외웠거나 생각하는 바를 정신없이 휘갈기다가 진이 빠져 나오는 경우가 대부분이었다.

실제로 만하임 대학에서 학부를 졸업하고 같은 대학의 경영 대학원을 다니는 나와 같은 팀이었던 독일인 학생 얘기에 따르면, 만하임 대학 졸업생의 비율이 처음 입학 정원 대비 60%가량 된다고 한다. 즉, 우리와 같이 4년 정규과정 학부를 졸업한다고 했을 때, 매년 자연스레 10% 정도는 과락이나 개인적인 사유로 졸업을 못 한다는 뜻이었다. 공교육은 무상이고 대학의 문은 열려 있지만 그만큼 졸업의 문턱은 높여 놓은 셈이다. 이는 사실 내가 직접 대학원생들과 시험이라는 시합을 놓고 겨뤄(?) 보니 왜 졸업이 어렵다고 하는지 이해가 되는 대목이었다. 또한, 나중에 안 사실이지만, 이미 만하임 대학교에 올 실력이면, 김나지움이라는 일반계 고등학교에서도 높은 성적을 받은 학생이라는 의미이기에 새삼 이 대학의 학생들이 더 대단해 보였다.

그리고 나는 혹시나 하는 기대로 만하임 대학교의

MBA 수업을 듣는 학생과의 네트워크를 쌓을 겸 MBA 프로그램을 간접적으로나마 경험해 보고자 수업 참관을 신청해 보았지만, 참석이 불가하다는 답변을 받았다. 만약, 카이스트 MBA 교환학생으로 왔기 때문에 만하임 대학교의 MBA 수업도 참관할 수 있을 거라고 기대한다면 기대를 접으라고 권하고 싶다. 나도 직장인으로서 타국의 다른 직장인들과 네트워크를 쌓고 싶었지만, 대학원생들과 친분만 쌓고 온 부분은 아쉬움으로 남는다.

독일 학생들과 시험을 준비하며 곁눈질로 살펴본 흥미로운 공부방법 하나. 바로 카드를 이용한 시험공부다. 카드의 특징이 키워드나 간단한 스토리를 자기 마음대로 편집할 수 있다는 장점이 있는데 특히 자기 이론을 펼쳐야 하는 주관식 답을 요구하는 시험에서 유용한 듯했다. 마치 컴퓨터의 자료를 키워드로 정리하여 축적하는 '데이터베이스화'의 과정이랄까. 이렇게 데이터베이스화한 지식은 편집이 유용하여 자기 이론 구성에 매우 유용하다는 사실도 알게 되었다. 특히, 수십 편의 논문을 읽고 나의 의견을 서술하는 기업가 정신 수업의 경우, 여러 논문의 키워드와 주장을 정리하여 데이터베이스화를 했을 때, 카드의 쓰임새는 매우 유용했다.

카이스트도 그렇게 호락호락한 MBA는 아니었다. 1학년 내내 팀별 과제와 개인 리포트로 주말은 물론 평일에도 밤낮없이 모이고, 과제를 작성하느라 1년이 어떻게 가는 줄 모르게 시간이 흘러갔다. 그렇지만, 높은 학점을 위해 고등학교의 연장생활처럼 공부했던 대학교 때의 그 치열함을 졸업한 지 10여 년이 훌쩍 지나 재연하려니 조금은 억울한 생각도 들었다. 난 분명 육아휴직이고 휴가기간이기도 한데 이렇게 열심히 할 일이냐는 생각이었다. 휴직인 듯 휴직 아닌 휴직 같은 이 시간. 하지만 어쩌겠는가. 난 학생이고, 학점을 인정받아야 이 시간을 낭비없이 알차게 보낼 수 있다는 사실을 나도 알고 가족도 알고 있는 걸.

독일 만하임에서 시작한
스타트업의 꿈

나는 국내 MBA 학교를 선택할 때 몇 가지 기준이 있었다. 우선, 실용적인 학문을 배울 수 있는 커리큘럼을 제공하는 학교일 것, 그리고 1년 동안의 해외 교환학생이 가능할 것, 마지막으로 창업에 특성화된 다양한 네트워크가 가능할 것 등이었다. 학구적인 분위기와 커리큘럼, 3년의 교과과정으로 비용분산 및 1년간의 교환학생이 가능하다는 점(원칙적으로는 한 학기였으나 나는 카이스트 내에서는 아직까지는 유일하게 두 학기를 해외 교환학생으로 다녀온 MBA 학생이 되었다), Startup KAIST와 같은 창업 네트워크가 있다는 점은 주저없이 나를 카이스트를 선택하게끔 만들었다.

내가 스타트업을 동경하게 된 이유는 그들의 순수한 사명감과 긍정성만을 보았기 때문이다. 즉, 나의 아이디어 혹은 가설을 시장과 고객에게 검증받고 세상을 변화시키겠다는 꿈과 열정으로 뭉친 집단이 스타트업의 창업자라고 생각했기 때문이다. 그런 나에게 만하임이라는 도시, 만하임 대학교는 이런 나의 바람을 마치 미리 알고 온 듯한 운명 같은 선물이었다. 도시 내에서 창업을 적극적으로 지원할 뿐만 아니라, 그 도시 안에 있는 만하임이라는 대학교도 창업을 적극적으로 육성하는 시스템을 갖추었다는 사실을 수업을 통해 알게 되었기 때문이다.

내가 본격적으로 창업에 발을 조금 담글 수 있었던 계기는 봄 학기에 수강한 기업가 정신(Advanced Entrepreneurship)이라는 수업을 통해서였다. 이 수업은 카이스트 MBA에서 줄곧 배웠던 아마존, 우버, 테슬라, 에어비앤비와 같은 기업들의 성공요인을 분석하고 기업가 정신과 관련된 수십 편의 논문을 읽고 그 논지를 파악하여 Entrepreneurship의 이론을 다지는 조금은 지루할 수도 있는 과목이었다. 중간중간 만하임 대학 동문 출신인 STOCARD 창업자 등의 강연 세션도 있지만, 주로 이론에 중점을 둔 과목이었다. 나는 우선 Entrepreneurship에 대한 학문적인 기초를 봄학기에 쌓고 가을 학기에 개설되는 Creativity & Entrepreneurship이라는 과목을 통해 본격적으로 스타트업 실무를 경험해 보고자 했다.

Creativity & Entrepreneurship은 팀 구성, 아이디어

및 가설수립부터 Business Model 검증, MVP(Minimum Viable Product의 약자로 최소 기능을 갖춘 제품이라는 뜻)를 매주 청중들 앞에서 검증하고 수정하여 최종 final pitch에서 엑셀러레이터와 스타트업 CEO, VC(벤쳐 캐피탈리스트) 앞에서 심사를 받는 과정으로 구성된 실습 위주의 수업이었다. 뿐만 아니라, 매주 카페 공간을 빌려 자유롭게 만하임 지역 내의 창업자들과 네트워크를 형성할 수 있도록 사교모임도 가졌으며, 봄 학기 수업에서는 성공한 스타트업 CEO, VC의 강연 등도 들을 수 있었다.

이 수업을 통해 내가 그토록 해 보고 싶었던 스타트업의 언저리에 가닿을 수 있었다. 슬로베니아 및 세 명의 독일 학생과 한 팀을 이루어 Vineyard ERP라는 소프트웨어를 만들자는 창업 아이디어를 MVP 제작을 통해 현실화했기 때문이다. 우리나라에 잘 알려지지 않은 독일의 와인 산업을 잘 아는 와인 농장 주인의 손자가 우리 팀에 있었기에 가능한 아이디어이기도 했다. 아이디어의 선정부터 비즈니스 모델 수립까지 많은 우여곡절이 있었다. 하지만, 도제식이나 엑셀처럼 메뉴얼로 관리하는 와인 농장의 운영을 ERP를 통해 관리하고 자동화하자는 최종 아이디어는 심사위원의 많은 호응을 얻었다. 결과적으로 final pitch를 통해 우승하지는 못했지만, 이론에만 치우치지 않고 나에게 스타트업이라는 실행의 기회를 준 기업가 정신 (Advanced Entrepreneurship) 수업은 정말 소중한 경험이라고 할 수 있다.

Part 4

즐기자,
독일!

Prost! 맥주의 나라 독일,
하지만 와인은 잘 몰랐을걸?

1년 365일 중 하루라도 알코올을 입에 대지 않은 날을 꼽기 어려울 정도로 독일 맥주와 와인은 우리 부부에게 너무나 매력적인 음식(?)이었다. 특히, 낮이 긴 여름, 밤이 긴 겨울의 궂은날이 오면, 우리 부부는 어김없이 맥주와 와인으로 타국 생활의 서러움을 달래고 기쁨을 함께 나눴다. 왜 유독 독일의 맥주인가? 왜 맛있을까? 아니 적어도 우리 부부의 입맛에 맞았던 이유는 무얼까 궁금해 잠시 맥주의 역사를 살펴보았다.

오랫동안 맥주의 맛이 지켜질 수 있었던 요인으로 알려진 독일의 유명한 '맥주 순수령(Reinheitsgebot, 라인하이츠게보트)'은 신성 로마 제국과 그 후신인 독일에서 맥주의 주조와 비율에 관해 명시해 놓은 법령으로 맥주를 주조할 때에는 기본적으로 물, 맥아, 효모, 홉만이 사용되어야 한다고 명시하고 있다. 1516년 4월 23일에 빌헬름 4세 공작이 공표한 세계 최초의 식품 관련 규제로도 유명한데 물론, 이 법이 맥주를 순수하게 만들라는 순수한 마음만 있었던 것은 아니었다. 당시 귀족들이 소유한 밀 독점권을 유지하고 밀의 역할을 맥주 제조에서 빵의 제조에 돌려주는 데 그 목적이 있었다. 그런데 문제는 우리 부부가 좋아라 하는 헤퍼바이젠(Hefeweizen, 파울라너가 유명)과 같은 밀맥주는 그 순수령에서 예외였다. 보리가 아닌 밀을 넣었기 때문인데 맥주 순수령이 공표되던 당시 이 맥주는 서민이 아닌 귀족들이 즐겨 마시던 맥주였다고 한다. 그래서 밀맥주에 대한 논란이 커지자 바바리아의 공작인 비텔스바흐 가문은 데겐베르크 가문에만 바바리아 지역에서 독점적으로 밀맥주를 양조할 수 있는 권한을 부여하고 대신 어마어마한 세금을 물리는 것으로 마무리되었다고 한다. 세계에서 가장 유명한 양조장인 동시에 가장 큰 술집 중의 하나인 뮌헨의 호프브로이하우스(Hofbräuhaus am Platzl)는 특히 밀맥주가 으뜸이다. 독일에 머무는 동안 방문하신 양가 부모님을 모시고 간 곳이기도 한 이곳은 유명세를 차치하고서라도 떠들썩한 인파와 1리터 잔에 가득 담긴 맥주, 신나는 전통 라이브 음악 연주와 전통 바바리안 안주에 취해 독일에 왔음을, 아니 살아 있음을 느낄 수 있었던 장소였다.

또 하나 독일에 살 때 필수적으로 알아야 하는 상식 하나. 한국에는 없는 독일에만 있는 재미있는, 그러나 알고 나면 가정경제에 상당히 유익한 'Pfand'(판트)라는 빈 병 환불 제도가 있다. Pfand는 빈 병을 마트 안이나 밖에 비치된 재활용 수거함에 넣고 영수증을 뽑아 계산대에 가져가면, 식료품을 계산할 때 영수증에 인쇄된 금액만큼 돈을 차감해 주거나 현금으로 거슬러 주는 제도다. 음료가 담긴 캔이나 병 사이즈에 따라 다르지만 맥주캔을 살 경우 보통 맥주 구입비용과 더불어 약 0.15유로의 Pfand 비용이 추가로 계산된다. Pfand 비용 포함, 한 캔에 약 0.5~1유로(우리나라 돈으로 약 650원~1,300원)로 양질의 독일 맥주를 구입할 수 있었기에 우리 부부는 독일생활 초기에 마트에 가면 다양한 종류의 맥주를 사는 재미에 흠뻑 빠져 있었다.

역시 맥주의 나라답게 맥주 선택도 성분이나 알코올 함량, 맛의 선호에 따라 매우 다양하다. 예를 들어 유기농 맥주가 먹고 싶다면, Bio라는 마크가 붙어 있는 맥주를, 상큼한 과일맛이 좋다면 Radler(라들러)라는 칵테일 같은 맥주를 고를 수 있다. 참고로, 아내가 좋아하는 Radler는 독일어로 '자전거 타는 사람'이라는 뜻이다. 맥주의 일반적인 알코올 도수가 4.5~6%인데 Radler는 여기에 레몬 탄산수를 섞은 일종의 알코올 음료로 알코올 도수가 희석되어 약 2~3% 정도밖에 안 된다. 그래서 이 맥주는 마시고 바로 자전거를 탈 수도 있다는 의미로 이름이 이렇게 붙여졌다고 한다.

맥주뿐 아니라 마트에서 판매하는 이탈리아, 프랑스, 독일 와인의 품질과 가격에도 놀랐는데 Lidl이라는 마트 기준으로 가장 고급 와인인 Italia Barolo wine도 15유로 내로 구입 가능했다. 뿐만 아니라, 만하임 지역 양조장인 아이흐바움(Eichbaum)도 우리가 거주하는 곳에서 걸어서 15분이면 갈 수 있으니 맥주를 좋아하는 우리 부부에게는 위치 또한 금상첨화였다.

만하임은 앞서 언급했듯, 바덴뷔르템베르크(Baden Wurtemberg)라는 주의 한 도시이자 팔츠(Pfalz, Palatinate)라는 지방의 일부로서 세계적인 리즐링(Riesling) 와인을 생산하는 모젤(Mosel)이라는 도시와 불과 한 시간 남짓 떨어진 지역에 위치해 있다. 뷔르츠부르크(Würzburg)라는 만하임 근교 도시를 방문했을 때 맛보았던 실바너(Silvaner) 와인도 한국에서는 맛보기 힘든 훌륭한 와인이었다. 실바너는 포도 품종의 하나로 17세기 중반에 오스트리아에서 독일로 넘어와 현재 프랑켄(Franken) 지역의 주요 품종으로 자리 잡았다고 한다. 특히 독일 내륙에 위치한 프랑켄은 전형적인 대륙성 기후에 겨울이 매우 빨리 찾아오기 때문에 천천히 익는 리슬링보다 이미 열매가 다 익은 실바너 재배가 적합하다고 한다. 그 결과, 현재 프랑켄의 대표 품종은 실바너가 되었다고 한다.[13]

독일에 와서 또 하나 빼놓을 수 없는 계절 이벤트는 바로 와이너리 투어다. 와이너리 투어의 즐거움을 알게 된 첫 계기는 5월 초 만하임 대학교에서 학생들을 대상으로 Wine Tasting Tour라는 행사에 대한 홍보 메일을 통해서였다. 참가비는 단돈 3유로였으며, 주최자에게 부탁해서 아이들과 아내가 함께 참가하게 되었다. 독일 하면 맥주, 맥주 하면 독일만 알던 우리 부부의 눈앞에 펼쳐진 포도밭 풍경은 정말 낯설고 신선한 충격이었다. 우리가 방문한 곳은 헥스하임(Herxheim)이라는 도시에 위치한 Gabel이라는 양조장이었으며, 양조장 주인은 아이들을 위해 사과주스를 준비해 주는 친절함도 베풀어 주었다.

9월에는 와인을 마시러 근교 프라인샤임(Freinsheim)에서 와이너리 투어를 즐겼다. 우리 부부는 몰랐지만 같은 유치원의 한국인 부부와 가까워지면서 이런 저런 정보를 알게 되었고, 그 부부 덕분에 9월 Freinsheim의 와이너리 투어를 함께 가게 되었다. 이런 투어야말로 유럽 배낭여행이나 단기 체류하는 여행자들이 느낄 수 없는 진짜 현지인들의 투어, 축제가 아닐까 하는 생각에 감개무량했다. (Pfalz 지방의 와인축제와 관련한 정보는 부록을 참고할 것)

비슷한 시기, 9월에서 10월까지만 맛볼 수 있는 특별한 와인도 있다. Federweisser(페더바이저)가 바로 그것이다. 흰색 깃털이라는 뜻의 Federweisser는 쉽게 말해 되다 만 와인이다. 와인 양조 시작단계에서 효모를 주입하여 탄산감이 생기는데 이 상태로 곧바로 출하된다. 그래서 Neuer Wein(새로운 와인)이라고도 불린다. 3도 정도의 알콜이 있으며 꼭 병을 세워 놔야만 한다. 병입 후에도 발효가 진행되는데 이 때문에 병에 미세하게 숨구멍들이 트여 있어서 세워 놓지 않으면 안의 내용물이 흘러나오기 때문이다. 그래서 3일 내에 마시는 것이 좋다. 단 몇 주 동안만 판매하는 와인이기에 길가나 슈퍼에서 금방 물량이 동이 나기도 한다. 마치 미국의 신선한 사과 사이다처럼 제철 명물인지라 한 번에 조금씩 즐길 수 있다. 우리 부부는 REWE라는 슈퍼에서 판매한다는 소문을 듣고 찾아 헤매다 찾지 못하고 만하임 시내 길거리의 축제 덕분에 어렵사리 맛보게 되었다. 지금도 Federweisser가 그리울 땐 가장 유사한 맛을 내는 우리나라의 느린 마을 막걸리로 입맛을 다시며 그 맛을 추억하곤 한다.

그럼, 겨울에 주로 마시는 와인은 없을까? 글뤼바인 (Glühwein)이 있다. 따뜻한 와인이라는 뜻으로 프랑스 에서는 뱅쇼(Vin Chaud), 영국에서는 멀드와인(Mulled Wine), 북유럽에서는 글뢰그(Glögg)라고도 불린다. 오렌 지, 정향, 레드와인, 흑설탕, 통계피 스틱만 있으면 간단히 만들 수 있으며, 특히 11월~12월 사이 독일 전역의 크리 스마스 마켓에서 흔히 볼 수 있다. 구글에서 찾아보니 과 거에 스칸디나비아에서 집배원이 말이나 스키를 타고 우 편물을 배달할 때 추위를 이기기 위해 양념된 증류주를 마셨던 것이 그 기원이라고 한다. 우리 부부는 2유로짜리 싸구려 레드와인으로 종종 글뤼바인을 만들어 먹었으며 한국에서도 그때의 그리움을 달래며 만들어 마시곤 한다.

맥주 순수령부터 와이너리 투어까지 다양한 이야기와 추억을 꺼내어 보니 즐겁기도 하지만, 한편으론 대한민국 의 소비자로서 많이 씁쓸하다. 독일과 유럽 각지에서 1만 원도 안 되는 가격에 아니, 2만 원에 고급 와인을 마실 수 있는 것이 사치라고 느껴질 만큼 대한민국의 소비자로서 그동안 속았다, 다시 말해 '호갱'으로 살아왔다는 생각 때문이다. 뿐만 아니라, 수입과일, 수입 와인을 세계에서 가장 비싼 가격에 구입하는 나라에 살고 있다는 기사[14]를 보며 또 한 번 분노를 느꼈다.

가격이 높아지면 제품을 고급이거나 특별한 것으로 인식해 수요가 증가하는 현상을 발견한 미국 사회학자이자 경제학자인 소스타인 베블런(Thorstein Bunde Veblen)이 베블런 효과(Veblen effect)에서 지적했듯, 우리는 '싼 게 비지떡'이라거나 '비싼 건 이유가 있다'라는 자기 합리화로 비싼 가격에 의구심을 품지 않고 상수로 받아들이는 경향이 있다. 나조차도 와인은 수입에 의존하는 재화이니 비싸겠지라는 생각을 막연히 하고 있었다. 하지만, 현지에서 와인을 가벼운 음료처럼 소비하고 향유할 수 있는 시장 환경을 지닌 독일인들을 보고 또 직접 소비자로서 경험하며 적어도 한국에서는 앞으로 비싸다는 이유로 와인을 높게 평가하지도 또 사치재를 향유했다는 '경험에 대한 투자'로도 와인을 바라보거나 소비하게 될 것 같지는 않다. 한국 소비자의 삶의 질 향상을 위해서도 제값을 주고 유럽인들과 같이 와인을 즐길 수 있는 소비자의 인식, 시장과 유통구조의 변화가 시급해 보인다.

독일 음식과 요리,
상상 이상 저렴한 장바구니 물가,
그리고 저먼 앙스트(German Angst)

독일에 오기 전 나의 버킷리스트 중 하나가 가족들에게 맛있는 요리를 많이 만들어 주는 것이었다. (매일 소시지와 빵, 감자만 먹기엔 시간은 한정되어 있고, 먹을 요리는 너무 많지 않은가!) 내가 이러한 작은 소망을 품게 된 것은 독일의 외식비가 한국에 비해 20~30%가량 비싸기도 하거니와 유럽의 중앙에 위치한 덕분에 신선한 재료들을 값싸게 살 수 있다는 사실을 인지하고 있었기 때문이었다. 유튜브나 인터넷의 정보를 통해 독일의 식료품 물가가 저렴하다는 것은 익히 알고 있었지만, 직접 내 눈으로 신선한 과일과 채소, 각종 고기며 유제품 등이 한국에 비해 훨씬 저렴함을 확인하고 눈이 휘둥그레졌던 기억이 난다. 아래는 우리 부부가 장을 봤던 수많은 날들 중 하루에 지출한 장바구니 물가다.

우유 1000ml/ 사과 2알/ 배 1/ 돼지등심 500g/ 페스토

소스/ 파스타면/ 모짜렐라치즈: **10유로 남짓…**

내가 알기론 돼지 등심 500g, 우유 2000ml(정확히는 1900ml), 사과 10개만 사도 우리 나라에서 30,000원이 조금 안 되는 것으로 알고 있다. 내가 만난 독일인 또는 유럽인들에게 사과 한 알에 1유로, 우유 1000ml에 3유로가량 하는 한국의 비싼 장바구니 물가를 설명하며, 어떻게 독일은 이렇게 저렴한 식료품 판매가 가능한지 묻기도 하고, 스스로 자문도 해 보았다. 만하임 대학교의 저명한 마케팅 교수님과 나의 독일인 친구들의 한결같은 대답은 독일인들이 식료품에 돈을 지출하기 꺼려 하는 성향 때문에 식료품 물가가 저렴한 것이라고 한다. 그 성향 덕에 기업들 간 저가경쟁이 치열하고, 우유의 경우 20년 가까이 가격 인상이 없었다고 한다(리터당 약 800원). 그러면, 식료품에 돈을 많이 쓰고 싶은 국민이 이 세상에 어디 있을까 반문해 보고 싶었지만, 그들의 가정일 뿐 국가에서 뭔가 유통구조와 유통마진에 대한 규제가 있지 않을까 추측해 본다. 분명히 같은 과일과 채소, 고기라도 주변 이탈리아, 프랑스에 비해 독일의 식료품 물가가 저렴한 것을 보았을 때 시장의 경쟁으로 자연스레 물가가 저렴한 것은 일견 타당해 보인다. 그렇다 하더라도 사과 1kg에 2유로, 바나나 한 송이에 1유로 등 독일이 특별히 저렴해야 할 이유가 없는 과일까지 싼 건 그동안 2배 이상 값을 지불하며 구매해 온 한국인 입장에서 너무 분하기도 하고, 여전히 의문이 풀리지 않는다. 나는 리카르도의 비교우위론에 근거하여 EU라는 경제블록에서 무관세로 상품과 서비스의 교역이 발생하므로 각 국가에서 생산성이 높은 제품을 수출입하여 저렴한 것이 아닐까 추측해 본다. 지정학적으로는 국경을 맞대고 있는 나라가 많다 보니 유통경로가 다양한 것도 경쟁을 촉진하고 식료품 물가를 낮추는 데에 기인했다고 생각한다.

또한, 독일 마트가 특이한 점이 몇가지가 있는데 첫 번째로, 달걀과 고기를 가둬 놓고 기른 것이냐 방목한 것이냐에 따라 등급이 있고 당연히 그에 따라 가격이 다르다는 것이다. (달걀의 경우 우리나라도 사육환경에 따라 난각번호를 달리 두고 있다) 두 번째로는 채소와 과일을 낱개로 살 수 있다는 것이다. 바나나 하나, 토마토 하나, 감자 한 알, 파 한 단 구매가 가능한 것이다. 세 번째로, 빵을 파는 코너에서도 별도의 price tag 없이 원하는 빵을 담으면 되고 매장마다 빵을 넣으면 원하는 두께(10mm,

15mm 등등)에 따라 기계에 넣고 썰 수 있다. 무엇보다 이 모든 것이 가능한 것은 계산원의 눈썰미와 모든 채소나 과일을 무게나 개수 단위로 가격을 책정하여 계산할 수 있는 시스템 덕분이다. 물론, 독일인에게 이 시스템이 당연할 수 있었던 것은 앞서 설명했듯, 식료품에 많은 비용을 지출하기를 꺼려 하는 독일인 소비자의 독특한 특성도 한몫한다.

그 밖에 낯선 외국인으로서 바라본 독일 마트의 몇 가지 진풍경들이 있는데 그중 하나는 모두 일수가방이나 두툼한 지갑을 들고 현금으로 주로 계산한다는 것이다. 사실 재래시장이나 길거리 분식을 사 먹을 때 빼고는 현금 쓸 일이 거의 없는 한국에서 살다가 독일로 건너왔을 때 가장 적응이 안 되는 부분 중에 하나가 모든 결제를 거의 현금으로만 해야 한다는 번거로움이었다. 나중에서야 알게 되었다. 독일인들의 현금 사랑은 전 세계적으로 유명하다는 것을.

2018년도 12월 발표된 도이치 방크(Deutsch Bank)의 보고서에 따르면, 2017년 독일 내에서 이루어진 거래의 74%, 금액으로 환산하면 48%에 해당하는 결제가 모두 현금으로 이루어졌다고 한다.[15] 알다시피 한국의 편의점에서는 500원짜리 생수를 사도 카드로 결제하고 독일 바로 옆 나라 프랑스에서도 카페에서 1유로짜리 에스프레소 한 잔을 마셔도 대부분 카드 결제가 가능했기에 나는 독일에서도 같은 기대를 품고 있었다. 따라서 이 글을 읽는 독자 여러분이 만약 독일 여행 중 지갑에 현금이 없다면, 가장 먼저 할 일은 가까운 ATM(Geldautomat)에 가서 현금을 찾는 것이다.

독일과 네덜란드에서 조사한 연구결과에 따르면, 2016년 기준 독일인들은 평균적으로 지갑에 103유로, 우리나라 돈으로 약 13만 원가량을 현금으로 지니고 다닌다.[16] 물론, 유로존 국가 중에서 1등이다(2위는 102유로의 룩셈부르크). 그렇다면 도대체 왜 독일인들은 현금을 사랑하는 것일까? 이를 이해하기 위해서는 극도의 무기력함과 불안감(Angst)을 뜻하는 저먼 앙스트(German Angst)라는 말의 기원과 해석에 대한 이해가 도움이 된다. 물론 나는 어떤 집단이나 사람을 평가할 때 갖는 선입관을 매우 경계하는 편이다. 저먼 앙스트 또한 나에게 독일인과 독일이라는 나라에 대한 선입관을 갖게 하는 프레임이긴 하나, 나는 이를 통해 독일 사회를 좀 더 이해해 보고 싶었다는 점을 미리 밝혀 두고 싶다.

1923년의 초인플레이션과 1948년의 화폐개혁을 겪으면서 독일인들이 몸소 깨달은 사실이 있다면, 은행은 언제든 위기에 처할 수 있다는 것과 그로 인해 눈에 보이지 않는 전자화폐에 대한 불신이 아닐까. 독일인들은 극도의 안전함을 추구한다. (독일인들은 'safety first'를 입버릇처럼 달고 산다고 독일인 친구가 얘기해 준 적 있다) 이는 금전적인 안전함뿐만 아니라 개인정보의 안전(개인정보 보호)을 추구함에도 그대로 적용된다. 그들은 내가 돈을 어디에, 어떻게, 그리고 무엇을 위해서 사용하는지 타인에게 알리고 싶어 하지 않는다. 현금을 지갑에 갖고 다니고 인출하는 번거로움보다도 그들에게 더 중요한 것은 안전함과 개인 정보 보호인 셈이다. 또한, 마음속에 미래에 대한 의심이 깊이 자리 잡고 있다는 설명도 독일인들이 현금을 선호하는 이유로 일견 타당해 보인다. 하지만, 정확히 아무도 왜 독일 사람들이 현금을 이렇게 자주 사용하고 선호하는지 정확히는 알지 못한다. 저먼 앙스트는 이처럼 신기술과 같은 새로운 것에 대한 불신을 기본적으로 갖게 만들었다. 일본 후쿠시마 원전 사태로 원자력 에너지에 대한 불신을 일으킨 것도 저먼 앙스트에 기인한다.

그렇다면, 독일인들이 이러한 불안감을 안고 일상에

서 즐길 수 있는 여유는 대체 어디서 나오는 것일까? 그
들의 여유는 아마도 상상도 못 할 정도로 다양한 종류
의 '보험 (Versicherung)'이 있다는 사실에 기인하지 않
을까. 독일인들은 모든 상황에 대처할 수 있는 보험
에 가입함으로써 일종의 보호막을 설치한다. 사보험
만을 가입했던 나는 몰랐으나 독일인 친구를 통해 알
게 된 보험의 세계는 실로 놀라웠다. 기본적으로 독일에
서 일을 하게 될 경우 원천징수되는 보험에는 의료 보험
(Krankenversicherung), 연금 보험(Rentenversicherung),
실업 보험(Arbeitslosenversicherung), 그리고 개호 보험
(Pflegeversicherung)이 있다. 개호 보험이란 훗날 늙어서
간병비를 지불 받을 수 있는 보험을 말한다. 뿐만 아니라,
거의 모든 사람들이 책임 보험(Haftpflichtversicherung)
에 가입하여 일상생활에서 발생할 수 있는 물질적 손해에
대한 리스크를 줄인다. 이 책임 보험은 내가 가입한 사보
험에도 포함되어 있던 약정으로 기억한다. 내가 더욱 놀
랐던 것은 심지어 공보험(Publich)보다 더 보장 범위가 큰
사보험(Private)에 손쉽게 가입하기 위한 또 다른 '사보험'
이 있다는 것이었다. 정말 대다나다!

왜 독일인들은 현금을 들고 다니는가, 불편하지 않은

가 라는 나의 호기심을 저면 앙스트라는 단어 하나로 모두 설명이 되고 이해가 되겠냐마는 이제는 그들의 신중함과 내가 느낀 불편함, 그리고 답답함이 당시 유학 생활 속에 녹아들어 점차 익숙해졌다.

독일에 살면 감내해야 하는 것과 기대할 수 있는 것들

언제나 현실과 이상은 괴리가 발생하기 마련이다. 낯선 땅에서는 내가 상식이고 문화라고 믿고 의식없이 했던 행동들이 파괴되는 순간을 맞이하며 당혹감을 넘어 자존감에 상처를 입을 수도 있다. 독일 만하임을 기준으로 생활 속에서 기대할 수 있는 것과 알고도 참고 감내해야 하는 것들에 대해 이야기해 보고자 한다.

칼크

독일뿐 아니라 유럽 전반적인 지역에 있는 수돗물에는 기본적으로 칼크라는 석회 성분이 함유되어 있다. 독일 현지인들은 문제가 없다, 그냥 마시라고 하지만 잘못하면 담석이 몸에 생길 수도 있기에 물은 꼭 필터로 걸러 마시길 권장한다. 또한, 원인규명은 해 봐야겠지만 1년간 지속적으로 석회 성분이 담긴 물로 양치를 하다 보니 치아 표면과 치아 사이에 생긴 스크래치에 색소가 침착되어 한국에서 스케일링을 통해 제거한 기억이 있다. 뿐만 아니라, 식기 세척기가 내장되어 있던 내가 살았던 집에서는 기계는 정상적으로 작동하지만, 물이 빠지지 않아 애먹은 적이 있어 집주인의 아버지가 와서 살펴보신 적이 있다. 결론은 칼크 성분 때문에 하수구 부근에 석회 성분이 돌처럼 딱딱하게 굳어 물이 내려가지 않았던 것이다. 따라서 반드시 제거제를 사용하여 주방 및 욕실 하수구가 막히지 않도록 주의해야 한다. 또한, 샤워 후에는 반드시 물기를 깨끗이 제거해 바닥이나 유리 표면에 물때라고 보일 수 있는 실은 석회 자국이 남지 않도록 평소에 관리해 주어야 한다.

택배

독일의 택배 시스템은 느리고 불편하다. 집에 없으면 이웃, 이웃집이 아니면 우리 동네의 택배를 보관하는 가게가 동네에 지정되어 있을 것이다. 황당하게도 우리 집의 택배를 보관해 주는 곳은 집에서 조금 멀리 떨어진 열쇠가게였다. 짧은 기간 머물더라도 택배가 오는 날에 가능하면 집에 있거나 이웃에게 부탁하거나 그것도 여의치 않다면 택배를 보관하는 가게가 어디인지 물어서 알 수밖에 없다.

전자도어락 대신 무거운 열쇠

비밀번호나 지문인식으로 여는 전자도어락을 불신하는 듯하다. 독일에서는 집을 렌트해 주는 계약을 함과 동시에 무거운 열쇠 두 개를 건네받는다. 만약 분실 시 벌금 및 재발급이 상당히 어려우니 분실하지 않도록 주의한다.

노예장

우리 부부는 일상에서, 혹은 마트가 문을 닫는 일요일을 대비해 장을 보러 갈 때 노예장을 보러 가자고 우스갯소리로 서로 농담을 주고받았다. 그 이유는 물통이 너무 무거운 데다가 엘리베이터가 없는 우리 집은 100개 가까운 계단을 오르락내리락해야 하기 때문에 그 힘듦을 표현할 다른 말이 없었기 때문이기도 하다. 보통 독일 사람들은 REWE에서 고기를 사고 ALDI에서 과일을 구입하고 Lidl에서 물을 산다고 할 정도로 각각 마트마다 특징적으로 좋은 물품들이 있다. REWE 같은 마트에서는 배달도 해 주나, 동네 마트에서는 당연히 한국처럼 배달이 되지 않는다는 점을 참고하자.

현금 사용

과거 독일이 경험했던 초인플레이션의 트라우마, 카드 사용으로 인한 개인정보 노출을 극도로 꺼리기 때문에 마트에서도 음식점에서도 현금 결제를 독일인들은 선호한다. 그 말인즉, 현금만 받는 가계(특히 식당)가 많아 항상 일정 금액 이상의 현금을 들고 다녀야 하는 불편함이 있다는 뜻이기도 하다. N26이라는 우리나라의 카카오뱅크나 토스뱅크와 같은 핀테크 업체를 통해 은행을 개설한 우리 부부는 이 카드를 이용해 ATM기가 아니더라도 마트나 상점에서 현금을 찾을 수 있었다. 은행 개설과 관련한 부분은 부록을 참고해 주기 바란다.

기다림과 침묵

우리가 이용했던 기차와 트램 그 어디에서든 어린이부터 노약자까지 새치기하는 사람은 거의 없었다. 일부 이민자로 추정되는 승객이나 젊은 독일 학생들이 시끄럽게 떠드는 경우가 있었지만, 그런 경우는 극히 드물었다. 공공장소에서도 매우 조용한 편이라(심지어 강아지도 매우 조용하고 얌전하다) 아마 이방인에게는 신선한 문화충격으로 다가올 수도 있을 듯하다. (우리 아이만 조용히 시키면 된

다) 식당에서도 직원을 부르거나 손을 들면 안 되고 눈을 맞추어야 한다. 매우 불편하지만, 이곳의 문화임을 받아들여야 한다. 계산도 계산대가 아닌 식사한 자리에서 해야 한다.

사람 사이의 거리

그 간격이 몇 미터라고 콕 집어 이야기할 수는 없지만, 적어도 나의 상식선에서 판단할 때 독일인들이 추구하는 사람 사이의 거리 간격이 미국의 그것보다 더 넓은 듯하다. 한국과 같은 거리로 다가가면 한 발 물러서는 광경을 보게 될 텐데 당신에 대한 경계심 때문이 아니라 발을 밟은 듯 서로의 거리를 침범했다고 느꼈기 때문이라고 생각해도 된다.

Termin(테어민)

독일을 표현하는 하나의 독일 단어를 택하라면, Termin을 꼽고 싶다. Termin은 약속 또는 예약이라는 의미인데 독일에서는 병원진료에서부터 모든 행정 서비스는 직접 방문이든 인터넷이든 예약을 해야만 업무처리를 할 수 있다. 아파서 병원에 가거나, 부동산 중개인을 통해 집을 보는 것도, 서류를 떼러 동사무소에 가는 것도 미리 약속을 잡고 그 시간에 처리해야만 한다. 공공기관이 문 여는 시간은 들쭉날쭉한 경우가 많아 특히 주의를 요하며 미리 근무 시간표를 확인할 필요가 있다. (특히 수요일과 금요일의 경우) 개인적으로 왼쪽 어깨가 너무 아파 6개월 간 물리치료를 다닌 적이 있었는데 아주 긴급한 병이 아니라면 병원예약 후 의사를 보고 진료를 받기까지 최소 2주 정도 소요가 된다고 생각하면 될 것이다. 그래서 우스갯소리로 의사를 보기 전에 병이 다 낫는다고들 한다. 공교롭게 우리 아들딸 모두 영유아 정기검진을 만하임의 소아과에서 무상으로 받기도 했다.

담배연기

아이러니하게도 독일은 담배에 참 관대한 나라다. 심지어 유모차를 몰면서 길거리에서 담배 피는 엄마들도 많이 보았다. 비흡연자에 아이들을 둔 부모라면 선진국이라 생각한 독일에서 이렇게까지 비흡연자를 배려하지 않는 현실에 놀랍고 분노할 수 있다. 싫다면 피하는 게 상책.

자전거 도로

인도와 철저히 구분되어 있기 때문에 잘 보고 걸어야

지 자칫 잘못하면 충돌사고가 발생할 수 있다.

대중교통

시내에서는 주로 트램을 이용하며 거리에 따라 다르지만, 기본 요금이 2유로 이상이었다.

깨끗한 자연환경과 공기

만하임에서 제일 유명한 루이젠파크(Luisenpark)와 집에서 가장 가까웠던 헤조게니드파크(Herzogenriedpark)는 가족 연간 회원권을 내고 다닐 정도로 조성과 관리가 잘되어 있는 공원이며, 놀이터와 쉼터가 풍부하다. 우리나라에서는 멸종된 천연기념물 황새를 쉽게 볼 수 있으며, 공원 안에는 작은 동물원도 조성되어 있다. 내가 살았던 만하임을 포함한 독일 전반적인 지역에서는 당연하게도 미세먼지 걱정은 없다. 다만, 슈투트가르트와 같은 일부 공업 도시는 공기질이 그다지 좋지 않다고 한다.

이 밖에도 아이를 둔 가족을 위한 지역사회 혜택 등은 부록을 참고할 것.

Part 5

육아휴직,
미래를 위한 투자

육아휴직,
그리고 눈치 게임

2018년은 내게 그 어느 때보다 치열했던 한 해였다. 카이스트 MBA에 합격한 기쁨도 잠시, 저녁 7시부터 10시까지 시작되는 강의와 더불어 밀려오는 팀별, 개인별 과제, 회사업무에 눈코 뜰 새 없이 한 학기를 보냈던 것 같다. 평소보다 집안일과 육아에 소홀했기에 아내에게 고마움과 미안한 마음을 표현할 새도 없이.

패닉의 〈뿔〉이라는 노래 중 "나만이 간직한 비밀이란 이렇게나 즐거워"라는 가사가 있다. 누구에게도 자랑처럼 얘기할 수는 없었지만, 점점 성장하는 나를 바라보는 흐뭇함, 훌륭한 동기들을 통해 회사 밖 넓은 세상을 알게 된 감사함, 그리고 2019년 1월 생애 처음, 그리고 부서 최초로 남자 직원으로서 육아휴직을 쓰게 된다는 생각에 MBA 재학 중에는 나만이 간직한 뿔처럼 대학원 생활이 마냥 즐거웠다.

하지만, 그해 독일 만하임 대학으로 교환학생 합격이

결정된 9월부터 나는 조바심이 나기 시작했다. 독일의 대학교 학기는 2월부터 시작하므로 여러가지 환경 적응을 위해서는 늦어도 1월 말에는 가족들과 함께 독일로 출국을 해야 하는 상황이었기 때문이었다. 절대적인 시간이 부족했다. 더불어, 독일 현지에서 머무를 집이 당시만 해도 정해지지 않았기에 몇몇 물망에 오른 집들을 미리 둘러보기 위해 연차를 쓰고 직접 살 집을 방문하고 유치원 원장님을 만나는 등 가족들보다 먼저 출국해 자리를 잡아야 하나 이런저런 말 못 할 고민으로 끙끙 앓고 있는 상황이었다.

아울러 회사의 매년 인사고과는 그해 12월에 마감이 되기 때문에 적어도 한 달 전에는 매니저에게 휴직 사실을 알려 줘야 하지만, 그렇다고 육아휴직으로 인한 인사 평가상의 불이익을 받고 싶은 마음은 없었다. 전례가 없었기에 그 누구도 '그래, 법적으로 보장된 권리잖아. 남자든 여자든 1년간의 육아휴직, 눈치 보지 말고 다녀와. 그렇다고 인사 평가에 불이익이 있는 것도 아닌데 뭐.'라고 말해 줄 선후배 동료, 매니저는 주위에 단 한 사람도 없는 상황이었다. 내가 몸담은 곳은 외국계 회사였지만, 아직까지 남자 직원이 1년씩 육아휴직을, 그것도 해외에서 가족들과 함께 보낸다고 했을 때 직장과 인사 평가의 보전이 배려받을 수 있는 환경이 한국에는 조성되지 않았다. 2023년 현재도 크게 달라진 점은 없는 듯하다는 사실이 씁쓸하다.

이 글을 읽고 육아휴직을 계획할 회사원이 있다면, 꼭 인사 평가가 끝난 후에 휴직 계획을 상사에게 말하라고 조언하고 싶다. 1년을 휴직할 계획이라면, 돌아올 시점 또한 잘 계산해야 한다. 나 같은 경우, 인사 평가가 끝날 시점인 이듬해 2월에 연차를 모두 쓰고 복직했다. 차라리 그편이 낫다고 생각한 이유는 각 회사마다 다르겠지만, 내가 재직한 회사의 경우 규정상 휴직자에게 인사고과상 최저 평점을 줄 수 없게 되어 있기 때문이었다. 결국 복직 시점인 이듬해 나는 평균 정도의 인사고과를 받게 되었다. 즉, 복직 시점은 첫째 아이의 초등학교 입학 시점, 둘째 아이의 유치원 적응 시점을 고려해 2월 중순으로 잡았고, 인사 평가가 마무리되는 연말이 아닌 연초에 복직 시점을 알렸다. 또한, 남은 연차 휴가는 다 쓰는 것이 좋다. 휴직 기간과 붙여서 사용할 시 연차 기간 동안 일할로 월급이 계산되어 받을 수 있기 때문에 훨씬 이득이다.

"당신에게 중요한 문제일수록 사회는 그것을 중요하게 다루지 않는다. 당신의 자유, 당신의 내적 성장, 당신의 영혼, 당신의 깨우침, 당신의 깊은 이해. 그 어떤 것도 사회는 얘기해 주지 않는다."[17]

육아휴직은 결혼, 이직 등과 더불어 어쩌면 내 인생을 바꿀 수 있을지도 모르는 중요한 의사결정이자 권리 중의 하나이다. 위에서 인용한 문장처럼 그 시간을 어떻게 보내느냐에 따라 육아휴직은 어쩌면 나에게 내적 성장과 깨우침을 가져다줄 반전의 기회가 될 수도 있지만, 치밀한 계획 없이 보낼 경우 복직 후 돌아올 경제적 부담, 회사에서 달라질 나의 위상과 평판, 어쩌면 있을지 모르는 인사 불이익까지 감당해야 할 기회비용이 만만치 않게 다가올 것이다.

나에게 중요한 문제일수록 사회는 그것을 중요하게 다루지 않는다. 한국 사회에서 외벌이 가장이 육아휴직을 한다는 것은 남의 일로 다가올 때는 쉽게 '부럽다'고 이야기할 수도 있겠지만 막상 내가 선뜻 선택하기는 어려운 결정이다. 아직까지 그 누구도 대한민국의 어떤 회사에서 육아휴직을 사용하더라도 그 후의 인사 평가가 자신의

성과만큼 인정받고 복직 후 자신의 직무가 온전히 보전될 것이라 단언하기 어렵다. 내가 직접 원치 않는 부서이동, 진급 누락, 직무 변경 등을 고스란히 겪어 보니 복직 후의 계획이 없었다면, 혹은 그러한 불이익도 감수할 마음의 준비가 되어 있지 않았다면 아마 그러한 선택을 하기 어려웠을 것이다. 그렇다면, 우리가 고민해야 할 육아휴직의 실질적인 기회비용은 무엇인가?

육아휴직의
기회비용

경제학적 의미의 기회비용은 무엇인가를 선택함으로 인해 포기해야 하는 것의 가치를 뜻한다. 선택은 한 손에 쥔 물건 같은 것이다. 하나를 손에 쥐면 손에 쥐었던 다른 하나는 내려놓아야 한다. 둘 다 가지려다가는 그 무엇도 가지기 어렵다. 이직을 하거나, 배우자를 선택하는 일도 모두 우리가 의식하든 의식하지 않든 기회비용을 고려한 최적의 선택이었으리라.

내가 독일로 교환학생 및 육아휴직을 선택하는 결정을 했을 때, 나에게 닥친 기회비용의 크기는 재정적 부담 그 이상도 그 이하도 아니었다. 독일로 간다는 결정은 그 후에 어떻게든 우리 가족에게 커다란 효용을 줄 것이라는 믿음이 있었기에. 아래는 내가 독일에서의 육아휴직을 결심하기 전 따져 본 선택과 그에 따른 득과 실을 적어 본 것이다.

내가 얻을 수 있다고 기대한 것:

- 나를 모르는 사회에서 그 나라의 현지인처럼 살아 보고 선택할 수 있는 자유.
- 나에게 익숙한 문화와 사회, 도덕, 사람들을 타자화함으로써 나를 객관화하고 인생의 다양한 삶에 대한 선택지를 넓힐 수 있는 기회.
- 4계절(1년)을 겪으며 날씨와 음식을 포함한 독일에서 살아간다는 것의 장단점 모두 경험할 수 있다는 것. 그래서 어쩌면 이민국가가 될지도 모를 나라를 미리 체험해 볼 수 있는 기회를 가진다는 것.
- 독일의 저렴한 식자재를 이용해 신선하고 다양한 요리를 해 볼 수 있다는 것.
- 아이들에게 독일 유치원을 경험하게 하는 것.
- 외국에서 유치원 학부모로서의 경험.
- 대학원생으로서 독일 교육의 전반적인 학풍과 수업의 질을 느낄 수 있는 경험.
- 주변 유럽으로 자유로이 여행할 수 있는 경험과 시간.
- 스웨덴 교환학생 시절의 절친들을 만나고 가족들을 소개할 수 있는 기회.
- 스타트업 아이디어를 실행해 볼 수 있는 기회.

- 유사 퇴직 경험을 통해 퇴직 후 나의 삶을 계획할 수 있는 시간을 가진다는 것.
- 어쩌면 독일 현지 취업을 통해 경력 확장과 새로운 삶을 설계할 수 있는 기회.
- 무엇보다 우리 가족만이 공유할 수 있는 특별한 추억이 생긴다는 것.

내가 포기해야 한다고 생각한 것:
- 1년간의 재정적 부담: 월 약 520만 원의 생활비와 1,600만 원의 학자금 대출(1년 약 7,840만 원).
- 연봉.
- 복직 후 있을지도 모르는 부서 및 직무 이동, 진급 누락 등.
- 복직하지 않고 이직할 시 받을 수 없는 360만 원의 육아휴직 수당.

외벌이의 육아휴직을 독려하고 결심하기에 앞서 재정 이야기를 빼놓을 수 없다. 육아휴직을 할 당시 나는 한 달 평균 90만 원을 정부로부터 지급 받았다. 120만 원을 받아야 하지만 제도상 나머지 30만 원의 누적금액은 같은 회사에 복직 후 6개월이 지나야 받을 수 있도록 규정이 되어 있었기 때문이다.

외벌이를 하는 한국 남자들이 육아휴직을 망설이는 이유도 이러한 경제적인 부담과 무관하지 않다. 2017년 사람인에서 실시한 설문조사 자료에 따르면, 남녀 모두 육아휴직을 망설이는 첫 번째 이유로 '회사에서 눈치를 줘서'를 꼽았다. '복귀가 어려울 것 같아서'와 '업무 공백이 커서'가 그다음 순위였고 '경제적 부담이 커서'라고 대답한 사람도 28.2% 정도였다. 하지만, 무엇보다 나와 같은 외벌이의 경우 4인 가족이 휴직 기간 동안 정부에서 지원하는 육아휴직 지원금 월 90만 원만으로 생활하는 것이 불가능한 만큼 경제적인 지원 부족이 육아휴직을 망설이는 가장 큰 이유가 아닐까 생각한다.

주변 선진국과 비교해도 한국의 육아휴직급여는 현저하게 낮은 수준이다. 2020년 기준 임금 근로자의 월평균 소득은 320만 원, 2022년 한국의 육아휴직 수당은 불과 150만 원이 최대인 반면, 스웨덴은 월 1030만 원, 아이슬란드 547만 원, 노르웨이 704만 원 등인데, 이들 나라 모두 합계출산율이 1.50명 이상으로 출산율이 한국보다 높다.[18] 2019년 내가 휴직을 할 당시에는 최대 120만 원, 실제 지급액은 90만 원이었다.

통계에 따르면, 2022년 중위소득 기준 한국 4인 가족의 한 달 평균 생활비는 약 512만 원,[19] 마찬가지로 2022년 기준 독일 4인 가족의 한 달 평균 생활비는 3,906유로(약 527만 원)[20]로 약 15만 원의 차이가 발생한다. 환율변동을 제거하면 결과적으로 독일에서 4인 가족이 1년간 생활하기 위해서는 약 180만 원의 추가 자금이 필요하다. 하지만, 그 시간 동안 육아휴직 수당으로 매달 받는 90만 원, 연간 약 1,000만 원(송금 수수료 제외) 및 연간 아동수당 360만 원(두 아이 모두 미취학일 경우이며 이는 현금화가 안 되고 지역 포인트로 사용 가능하다)을 제외한 별도 소득이 없기에 여기에는 나의 연봉이라는 기회비용도 함께 포함되어야 할 것이다. 맞벌이의 경우는 그 기회비용이 배가 될 것이지만.

독일 교환학생을 통한 육아휴직을 선택할 경우, 재무적인 기회비용에 대해 정리하면,

① 독일 4인 가족의 1년 평균 생활비: 약 6,300만 원
② 한국에 송금하는 1년간의 대학원 학비: 1,600만 원
(카이스트 MBA 기준)

③ 나의 연봉: 약 6,000만 원이라고 가정

④ 정부에서 보내주는 육아휴직 수당: 약 1,000만 원
(은행으로 송금 시 약 3~4만 원의 수수료 차감)

⑤ 독일 현지에서 받는 Kindergeld(육아휴직 수당): 약
600만 원(월 400유로)

- 기회비용의 합계: ①+②+③-④-⑤ = 1억 2300만 원

- 연봉을 제외한 실제 필요한 비용(①+②-④-⑤): 6,300
만 원

앞서 밝혔듯, 나는 독일 체류에 필요한 자금을 주식 투자, 운 좋게도 단기간의 수익을 통해 마련할 수 있었다. 학비는 학자금 대출을 받았으며 내가 거주하는 경기도에서는 학자금 대출에 대한 이자비용 지원을 신청하면 전액 환급 받을 수 있어 재학 기간 동안에는 무이자로 대출 받은 것과 같은 효과를 누렸다. 이렇듯, 자금 마련부터 대학원 입학을 비롯한 가족과의 해외 교환학생 생활은 많은 사전 계획과 약간의 운이 필요하다. 누군가 나에게 이렇게까지 해야 하냐고 묻는다면, 나는 '해 보고 후회하는 것이 해 보지도 못하고 후회하는 것보다 낫지 않냐'고 답변 드리고 싶다.

물론, 나도 외국계에서 10여 년 가까이 근무한 상황이었지만, 승진 누락, 복직 2개월 후 생각지 못했던 부서로 타의에 의한 이동 등 '까마귀 날자 배 떨어지는 격'의 인사 불이익은 피할 수 없었다. 내가 복직한 후 동료들은 내가 한국으로 돌아오지 않거나, 독일에 머무르거나 이직할 것이라고 생각했다고 한다. 아마, 그들의 입장에서 보면 그냥 휴직도 아니고 해외에서 교환학생을 통해 휴직을 했으니 내가 이직이나 이민과 같은 큰 결심을 했을 것이라고 보지 않았을까. 그래서 이 글을 읽고 있는 독자들도 만약 나와 같은 선택을 한다면, 이직이라는 카드를 한 손에 쥐고 복직할 준비를 하라고 조언해 주고 싶다. 내가 그랬듯이.

모두를 만족시키는
선택은 없다

앞서 말했듯, 1년 동안 해외에 있던 직원이 돌아올 것이라는 기대를 동료도 팀장님도 하지 않은 상태였기에 나는 복직 6개월 및 3개월 전부터 같은 부서 팀 동료 및 팀장님에게 복직 사실을 알렸다. 나의 경우 가장 친한 회사동기를 통해 한국의 상황도 중간중간 파악하고 있었을 뿐아니라, 만하임에서 기차로 3시간 30분 남짓 떨어진 뒤셀도르프 인근의 Neuss(노이스)란 도시에 위치한 나의 회사와 독일 동료를 직접 만나 글로벌 상황 및 사내 분위기를익히 들어 알고 있었다. 독일 지사로의 현지 취업 가능성을 알아보기 위해 실제로 현지 독일 동료의 매니저를 통해 내 이력서와 함께 간단한 인터뷰도 진행하고 왔지만, 당시 글로벌 경기악화로 상황이 여의치 않아 그마저도 어려운 선택지가 되어 버렸다. 하지만, 이렇게 직접 독일 지사의 동료를 만나고 부딪혀 본 경험은 막연하게만 느꼈던 이직과 현지 취업도 내 머릿속에 실현 가능한, 혹은 불가능하더라도 구체적인 하나의 선택지로 만들어 주었다.

한국에서 바라본 독일 현지 취업은 까마득한 도전처럼 여겨졌지만, 현지에서 6개월 정도 지나 여러 진로를 알아 보니, 방법이 아예 없진 않았다. 내가 당시 몸담고 있었던 회사와 같이 영어만을 요구하는 회사도 제법 있는 것 같 았다. 만하임 대학교에서는 1년에 한 번, 4월에 가장 크고 유일한 job fair행사가 열린다. 내가 그동안의 경험으로 얻 은 작은 삶의 지혜라면, 무언가 하고 싶은 일이 있다면 그 일을 하고 있는 사람을 직접 찾아가 만나 보는 것이 가장 빠른 길이라는 것이다. 막연한 환상보다는 현실을 직시하 고, 그로 얻을 장단점을 냉정히 따져 볼 수 있는 좋은 기회 이기 때문이다. 온라인 플랫폼을 이용해 지원도 많이 했 지만, 경력이 있는 나로서는 지인을 통한 reference를 쌓 아 이직, 또는 독일 현지에 취업하는 것이 오히려 낯선 나 라와 기업 문화의 격차를 줄이고, 적응하는 데 더 도움이 될 것이라는 판단이 생겼다.

만하임에는 BASF, SAP와 같은 글로벌 본사가 멀지 않 은 곳에 위치해 있다. 수원에 있는 삼성전자처럼 유치원 에서 만난 만하임의 많은 부모들은 SAP나 BASF에 근무하 는 직원들이었다. 만하임 대학교는 경영대학교로도 그 명성이 익히 알려져 독일 유수의 회사에서도 좋은 이미지로 바라보고 있으며 기업 간 교류도 활발하여 외부 강사로 BASF나 SAP의 현직 담당자가 강의를 하러 오는 경우도 종종 있었다. 그럴 때마다 나는 수업 후 참석한 강연자에게 달려가 회사 명함을 서로 교환하며 그 회사와 그 강사가 몸담고 있는 조직이 하는 일에 관심을 표명하는 메일을 보내곤 했다. 그중 한곳과는 실제 면접을 진행하기도 했다. 약속을 잡는 데만도 석 달이 걸려 인터뷰를 보았지만, 당시 TO가 없어 채용에 성공하지는 못했다. 하지만, 직접 몸으로 부딪히며 머리로만 어렵다고 생각한 일들을 하나하나 경험해 보니 채용자의 입장에서 독일어가 부족한 나를 채용하는 일 자체가 큰 리스크라는 생각에 이르게 되었다. 이러한 경험들은 훗날 나에게 경력 전환을 함에 있어 큰 교훈이 되었다.

"뭔가를 하고 싶다면 너만 생각해. 모두를 만족시키는 선택은 없어. 길은 모두에게 열려 있지만, 모두가 그 길을 가질 수 있는 것은 아니다."[21]

그랬다. 모두를 만족시키는 선택은 없다. 무리라는 것

을 알면서도 하고 싶다고 생각한 내가 고집했다. 나는 아내에게 한국에서 벗어나 산다는 것은 힘든 일이지만, 쳇바퀴처럼 굴러가며 살아질 바에야 잠깐 우리가 삶이라고 부르는 이 행위를 멈추고 잠시 되돌아보자고 얘기했다. 당연하다고 여겼던 한국에서의 편의를 감사하든 불평하든 우리 삶을 객관적으로 바라보고 선택할 수 있을 것이라고 설득했다.

복직이든 이직이든 어떤 결심을 하든, 나는 남의 시선에 조금 덜 신경 쓰기로 했다. 한국에서는 '남 보기에'라는 말을 흔히 관용어처럼 쓴다. 하지만, 생각보다 남은 타인에게 무심하다. 넓은 집, 좋은 차, 번듯한 직장. 한국에서 나는 나의 욕망은 잃어버린 지 오래, 타인의 욕망을 욕망하는 일종의 전체주의에 빠져 살고 있는 듯했다. 남 보기에 좋은 인생보다 내가 좋은 인생이 무엇인지 잠시 잊고 있었다. 독일에서 느낀 일종의 허무함과 외로움, 그리고 묘한 해방감과 자유는 비단 타국에서의 생활 때문이라기보다는 같은 말과 사회적 배경 속에서 그동안 잊고 있던 나를 발견함에 기인한다고 생각한다.

채사장의 책《지대넓얕(지적 대화를 위한 넓고 얕은 지식)》에서는 "전체는 나의 이익을 위해 강력하게 행동하지만, 나에게는 책임이 없는 이상적인 사회가 전체주의다. 전체주의는 개인 전체의 비윤리적인 행위에 눈감게 한다."라고 일갈한다. 그러면서 개인으로서 전체주의를 극복하기 위해서는 "생명, 재산, 자유와 같이 어떤 경우에도 침해받을 수 없는 절대적 권리인 자연권"을 행사하는 것이 최선이라고 조언한다.

> "잃어버린 것은 되찾을 순 없지만, 잊어버린 건 다시 생각해 낼 수 있다…."
> (만화 〈터치〉 中)

아이와 함께 보내는 시간, 가족과 함께 1년 동안 해외에서 살아 볼 수 있는 선택을 할 수 있는 기회처럼 나는 하마터면 잃어버릴 뻔한, 잠시 잊고 있던 내 삶의 주도권을 육아휴직을 통해 되찾을 수 있었다.

나가는 글

출국하며 나는 무엇을 담아갈까?

독일의 깨끗한 공기와 익숙해진 독일 언어, 넓고 푸른 공원과 나무로 만들어져 자연과 어우러진 편백나무 놀이터, 아기들을 위한 다양한 배려와 일상 속의 작은 도전들, 길거리 담배연기와 느린 행정 서비스. 무엇을 담아가든 이방인의 눈에 비친 독일은 나에게 그리고 우리 가족에게 새로운 기회와 용기를 주었음을, 그리고 우리 모두를 성장시키고 성숙하게 했음을 기억하고 싶다.

2020년 1월 27일 출국 하루 전 날, 코로나 첫 확진자가 한국에 발생했다는 소식을 듣고 다음 날 심난한 마음으로 한국행 비행기에 아이들과 무거운 짐을 이고지고 올라탔던 기억이 난다. 돌이켜 보면, 정말 하늘이 정해 놓은 시간표마냥 코로나가 본격적으로 유럽에서 유행하기 직전 한국에 돌아온 지금에 감사한 마음도 있다. 한편으로는 이제는 정말 가족과 함께 언제 다시 갈지 모를 유럽행 비행이 되어 버려 더욱 애틋하고 소중하다.

어느 새 한국에 온 지 3년이 훌쩍 지났지만 가끔 우리 가족은 독일 생활 중 있었던 생활 속 작은 에피소드나 유치원 친구들, 선생님, 맛있었던 음식과 기억에 남는 여행지를 생각날 때마다 곶감 꺼내 먹듯 깔깔거리며 얘기하곤 한다. 나도 그랬던 것 같다. 스웨덴이라는 나라가 막연하기만 했지만, 학부 시절 1년간 교환학생을 통해 내 마음 속 공감대 및 연대감이라는 지도가 스웨덴이라는 나라 덕분에 한 뼘 넓어진 듯한 기분이 들었다. 나는 나를 포함해 아내와 아이들이 다른 모습, 다른 언어, 다른 환경 속에서 살아가는 사람들이 있고, 그들도 우리와 공통점이 있으며 다른 점도 있다는 것을 책이 아닌 경험으로 느끼고 깨달았다는 것만으로도 큰 수확이라 생각한다. 각자의 공감대와 연대감이라는 지도에 독일이라는 나라, 유럽이라는 대륙이 하나 자리잡았다면, 어디에서 무얼 하든 스스로의 삶과 생각, 생활방식을 객관화할 수 있는 대안 하나가 생긴 셈이니까.

만하임 대학교의 교환학생 환영회 때 학장님께서 Culture shock에 대한 사람들의 태도에 대해 하셨던 말씀이 기억난다. Culture shock(혹은 한 개인이 새로운 환경에 놓였을 때)을 마주할 때 개인의 심리상태가 시간이 흐

름에 따라 Honeymoon(행복감), Anxiety(불안과 불만), Adjustment(적응)를 지나 Acceptance level(이중문화 단계, 편안함을 느낌)로 돌아오는 완만한 U 자 곡선으로 평정심을 찾게 된다는 것. 그 이론을 우리 가족은 몸소 체험했다. 1년 후, 우리 가족은 만하임을 떠나기 아쉬울 정도로 평정심을 되찾았을 뿐만 아니라, 한국에 도착해 슈퍼마켓에 갔을 때 독일에 비해 비싼 장바구니 물가에 새삼 reverse culture shock을 느끼기도 했다. 학부의 스웨덴 교환학생 시절 때도 느꼈지만, culture shock은 개인 스스로가 어떤 선을 충격이라 정해 놓느냐에 따라, 그리고 그 생활 환경에 적응해 가면서 문화가 몸에 베어 생활의 일부분이 되어 버리는 정도에 따라 다르다고 생각한다.

학장님은 이어서, "나만의 comfort zone을 벗어났을 때, 마법이 일어난다(where the magic happens)."고 설명했다. 바로 내가 가족과 함께 독일에 오려고 한 이유, 즉, 익숙하고 편하다고 느끼는 환경을 벗어나 마법이 일어나는 그 지점을 함께 경험해 보고자 함이었다. 독일에서도 귀국 후 한국에서도 언제나 마음을 열고 나의 comfort zone을 벗어나 한 발짝 더 다가갔을 때 새로운 사람과 새로운 기회가 나를 기다리고 있었음을 몸소 느꼈다.

가족들과 유럽 곳곳을 여행하며 아내와 마음에 드는 음식, 장소를 만났을 때 서로 눈을 맞추며 하는 얘기가 있었다. "여기 꼭 다시 오자!" 하지만, 제한된 시간과 아이들의 컨디션, 기타 여러 이유로 그러한 장소를 여행 중에 다시 방문한 일은 손에 꼽는다. 그리곤 몸소 느끼게 되는 Bon Jovi 노래 속 가사 한마디.

"It's NOW or NEVER."

육아휴직이라는 1년의 시간 동안 다시는 없을 기회라는 생각으로 독일행 비행기에 올랐지만, 계획만큼 주어진 기회를 온몸으로 느끼고 즐겼나 스스로에게 질문하게 된다. 분명한 건 나를 포함한 우리 가족 모두 낯설고 막연함이라는 두려움을 극복하고 한 뼘씩 성장했다는 생각이 하나. 육아휴직과 집필, 경제적 자유를 위한 구상과 경력 전환 등 나 스스로 생각한 바를 실행에 옮기고 삶의 자기주도권을 찾아왔다는 생각이 둘. 마지막으로, 어려운 선택(흔히 가지 않는 길)이 더 쉬운 길이 될 수 있다는 믿음이 셋.

독일에서 만난 고마운 인연들에 대해서도 언급하고 싶다. 내가 처음 재이 가족을 만난 것은 만하임 대학교 병설 유치원 Kinderhaus였다. 우리 가족만이 유일한 한국인 부모, 한국인 남매라 생각했지만, 유치원에서 생활하는 딸이 한국 아이가 몇 명 더 있다며 이름이 재이라고 알려 주었다. 한국에 돌아온 재이 가족은 지금도 가끔 만나 그때의 추억을 나누곤 한다.

Victoria 가족도 잊을 수 없는 고마운 인연이다. 아이들의 같은 반 친구 중에 친하게 지내게 된 Victoria. 독일식 발음으로 (빅)토그리아라고 불렀던 아이 엄마를 하굣길에 처음 만나 인사하게 되었다. (우리도 서울 사람이지만) 서울 깍쟁이처럼 말 붙이기 어려워 보였던 Victoria의 엄마 Catherina는 의외로 수줍음이 많았지만, 마음을 열고 우리 부부와 대화하게 되었다. 엄마인 Catherina는 러시아, 아빠인 Andrea는 이탈리아에서 독일로 건너와 일하는 단란한 가족이었다. 덕분에 이탈리아 Como를 Andrea 가족과 함께 그들이 살던 집에서 편히 보낼 수 있어 감사했다. 지금도 가끔 화상통화로 연락하며 인연을 이어 가고 있다.

Adam이네 가족도 기억하고 싶다. Asma라는 시리아에서 온 앳된 엄마는 남편 및 가족과 떨어져 살고 있었다. 유치원 및 독일 생활 초반 말동무가 되어 준 고마운 가족이다.

스웨덴 교환학생 시절 만난 Michael과 그의 아내

Natalia 또한 기억하고 싶다. 독일에서 정말 가족처럼 편안하고 따뜻하게 대해 주었던 Michael과 그의 동생 Alexander, 그리고 아이들에게 장난감 선물도 쥐여 주신 Michael의 부모님도 12년 만에 뵈었지만 예전 그대로 따뜻하고 다정하게 대해 주셔서 감사했다.

독일에서 삼대가 함께한 꿈같은 여행과 더불어 아낌없이 지원해 주시고 응원해 주신 부모님과 장인어른께도 감사드리고 싶다. 또, 이 책의 표지를 디자인해 준 나의 사랑스러운 딸과 씩씩하고 건강하게 자라 준 나의 사랑하는 아들, 이 책의 출판을 응원해 준 나의 영원한 친구이자 연인인 아내에게도 감사한 마음이다.

내가 유럽을 안다고, 독일을 안다고 누군가에게 거만하게 얘기할 수는 없지만, 나와 가족들의 삶에 필요하고 중요한 건 무언지는 얘기해 줄 수는 있었다고, 육아휴직 경험에 대해 내게 묻는 누군가에게 이 책을 건네고 싶다.

부록

독일로 가기 전 알아 두면 좋은 준비과정

1) 슈페어콘토(Sperrkonto)

비자를 받기 위해 가장 필요한 준비물은 돈과 여권이다. 그중에서도 교환학생의 자격으로 네 식구가 한 번에 비자를 받기 위해서는 가장 중요한 것은 돈이며, 독일어로는 슈페어콘토(SuperrKonto), 영어로 blocked account라는 가상의 예금계좌에 체류기간에 필요한 최저생계비가 저금이 되어 있어야 한다. 슈페어콘토 또는 blocked account란, 독일 체류 기간 중에 필요한 학업 및 생계비를 충당할 수 있다는 사실을 입증하는 일종의 재정보증서이다. (나는 재정보증을 위해 영문으로 은행 저축액과 월급 영수증을 일일이 문서로 떼어 가져갔는데, 이 글을 읽는 독자분들은 그런 수고를 하지 말기를 바란다)

슈페어콘토를 중계하는 업체는 독일 외무부 홈페이지에 4군데(Coracle, Deutsche Bank, Expatrio, Fintiba)[22]가 소개되어 있었으며, 나는 그중 Expatrio를 이용했다. 준비해야 할 것이 많은 나의 입장으로는 한국에서 하나라도 미리 준비할 수 있는 것들이 필요했는데, Expatrio는 인터넷으로 쉽고 빠르게 개설할 수 있다는 점과 카카오톡 등 국내 소비자들의 문의사항을 해결할 수 있는 서비스를 제공한다는 점이 가장 큰 장점이라 선택했다. 내가 다녀온 2019년 1월~2020년 1월까지는 1인당 월 720유로, 즉, 중계기관의 수수료를 제외한 8,640유로가량을 deposit으로 요구했지만, 2023년 1월 1일부터 1인당 월 934유로, 연간 11,208유로로 deposit 금액이 인상[23]되었다. 계좌를 개설하는 방법은 Expatrio 공식 블로그[24]를 참고하기 바란다.

2) 의료보험

비자를 받기 위한 필수 사항이며, Expatrio가 함께 제공하는 보험 서비스이다. 아래 웹사이트 참고.

⇒ Educare24: https://www.expatrio.com/educare24
⇒ Mawista(https://www.mawista.com/): Educare24와 비교해 보고 필요한 옵션과 적당한 가격에서 선택하면 된다.

3) 비자발급

⇒ 시청에 Termin(Appointment) 신청

슈페어콘토를 받았다고 안심하기엔 아직 이르다. 가장 어려운 관문이 남았으니까. 만약 혼자 교환학생을 간다면, 국내에서 주한 독일 대사관을 통해 예약을 잡고, 준비한 슈페어콘토와 함께 발급받으면 된다. 하지만, 이 책을 읽는 독자들은 가족들과 함께 비자를 준비할 것이기에 본인을 제외한 가족들이 주한 독일 대사관에서 발급받기는 어렵다는 사실을 먼저 말씀드린다. 따라서 가고자 하는 도시의 외국인청(시청)에 Termin 신청 후에 함께 발급받기를 추천드린다. 또한, 수수료가 주한 독일 대사관보다 저렴하며 서류만 잘 갖춘다면, 당일 바로 발급이 가능한 장점이 있다.

무비자로 한국인이 유럽에서 머물 수 있는 기간이 90일인데, 내가 만난 교환학생 중 한 명은 이 기간이 임박해서 Termin이 되어 매우 불안했던 경험이 있었다고 한다. 만하임 시청의 Termin 방법은 전화 예약과 방문 예약 두 가지가 있다. 독일에 있지도 독일어를 하지도 못하는 나로서는 둘 다 직접 할 수 없는 방법이었다. 그중에서 전화 예약은 불가했다. 직원이 영어를 이해하지 못한다며 전화를 끊어 버렸기 때문이다. 직접 하려면, 현지에 도착하자마자 시청의 오픈 시간에 맞춰 help desk에 가서 직접 예약하는 방법과 교환대학의 international office 담당 직원의 도움을 받는 두 가지 방법이 있다. 나는 전화로 예약(시도)도 해 보고 직접 가서 예약도 해 보았으며, 교환대학의 buddy program을 이용해 예약도 해 보았다. 추천하는 방법은 교환대학의 국제 학생 담당 coordinator의 도움을 받아 전화로 예약을 잡는 방법이나, 이 또한 여의치 않으면 직접 Termin을 잡을 수밖에 없다. 교환대학의 도시에 도착하자마자 바로 할 것!

준비물은 여권과 Sperrkonto, 여권사진 1장, 그리고 visa 신청서 1부와 의료보험증서, mietvertrag이라는 임대 계약서 등이다.

준비를 하다 보면, 집, 은행계좌, 비자라는 vicious circle(악순환)의 고리에 빠져 있는 본인을 발견할 것이다. 집을 구하기 위해서는 은행계좌가, 비자와 은행 개설을 위해서는 임대 계약서가 필요하기 때문이다. 걱정하지 말고, 하나하나 차근차근 한국에서 준비할 수 있는 것들을 준비해 보자. 아래 필요한 사항을 미리 확인할 것.

⇒ 만하임 시청 (거주 신청): https://www.mannheim.de/
de/service-bieten/buergerdienste/zuwanderung-und-
einbuergerung/dienstleistungen/aufenthaltserlaubnis

4) 집 구하기

교환학생으로 혼자 독일에 간다면 기숙사나 shared flat으로 충분하나, 비독일인 네 가족이 6개월 혹은 1년 단기 살 집을 구하는 것은 정말정말[100] 어려운 일이다. 게다가 German Act on Foreign Nationals에 따르면, 1인당 최소 $13m^2$의 주거공간을 확보하여야 하므로[25] 4인 가족 기준 $52m^2$ 이상의 크기의 방을 구해야 하는데, 이 또한 대도시의 경우 공급이 부족해 예산에 맞는 집을 찾기가 쉽지 않다. 대안으로 에어비앤비가 있겠으나, 나의 경우 부동산 임대업자를 통한 임대료보다 훨씬 비싼 것을 확인할 수 있었다. 다음은 내가 참고한 웹사이트이며, 머물렀던 만하임을 기준으로 나열했다.

⇒ Welcome INN: https://welcomeinn.de/ → 필자가 실제 집을 구한 웹사이트
⇒ Immobilien24: https://www.immobilienscout24.

de/ → Application도 있고, 가장 널리 알려진 플랫
폼이나 영어로 몇 번이나 문의를 했지만 답장이 없
었음

⇒ Immowelt. de: https://www.immowelt.de/

⇒ Hc24. de: https://www.hc24.de/

5) 은행개설

독일에서 은행을 개설하려면 불편함이 이만저만이 아
니라는 후기를 많이 본지라, 이 또한 한국에서 준비 가
능한 방법이 없을까 찾아보다가 발견한 N26. 우리나라
의 카카오나 토스뱅크 같은 것이라고 보면 된다. N26은
Anmeldung(안멜둥: 거주지 등록) 없이 개설이 가능하며,
30세가 넘어도 계좌유지비가 없고, 유럽 지역 내에서 별
도의 수수료 없이 카드 결제가 가능하며, 유럽 전 지역에
서 별도의 수수료 없이 월 5회까지 현금인출이 가능하다
는 장점이 있다(Cash26이라는 가맹점에 들러서 바코드를
스캔 후 현금을 인출하는 서비스는 무제한).

⇒ N26: https://n26.com/en-eu

6) 안멜둥(Anmeldung)과 압멜둥(Abmeldung)

은행 개설과 집 구하기까지 마쳤다면, 아래 사이트를 참고해 거주지 등록(안멜둥)과 출국 시 전출 신고(압멜둥)를 시청에서 해야 한다.

⇒ 안멜둥: https://www.mannheim.de/de/
service-bieten/buergerdienste/buergerservice/
dienstleistungen/meldeangelegenheiten/an-und-
ummeldung-eines-wohnsitzes

⇒ 압멜둥: https://www.mannheim.de/de/
service-bieten/buergerdienste/buergerservice/
dienstleistungen/meldewesen/abmeldung-eines-
wohnsitzes

7) 비행기티켓

시기별로 다를 테지만, 나의 경우, 1년 오픈 티켓의 경우 1인당 1000만 원 가까이 비용이 소요되어 다른 대안을 생각해 냈다. 추천하는 방법은 6개월 후에 귀국하는 티켓을 구입한 후, 독일에서 1년 거주 가능한 비자를 받고 수수료를 추가로 내어 6개월 연장하여 귀국하는 티켓을 구매하는 것이다. 아마 이러한 티켓을 가져간다면, 인천공항 발권센터에서 독일 입국 시, 입국이 거절될 수도 있으나 항공사 책임은 없다고 겁을 줄 수 있다. 나도 불안한 마음을 안고 탑승했으나, 독자분들도 거주할 집, 보험, 교환대학의 입학허가서와 재정보증서(슈페어콘토)만 준비되었다면, 입국 심사관에게 충분히 정당성을 설명할 수 있다고 생각한다.

8) 유치원

만하임에만 60~70군데의 유치원이 있지만, 만하임뿐 아니라 독일 전체가 한국과 마찬가지로 유치원에 입학하기가 하늘의 별 따기라고 한다. 지인의 말을 빌리면, 유치원 대기만 2년 정도 한 가정도 많다고 한다. 내가 머물렀던 유치원은 만하임 대학교의 병설 유치원이었다. 독자분께서 가고자 하는 대학에도 육아와 학업을 병행토록 도와주는 보육시설이 있을 것이므로, 학생처에 일단 문의하거나 구글로 검색해 보길 바란다. 독일도 한국의 "처음 학교로"처럼 MEKI라는 플랫폼을 통해 유치원 등록을 신청할 수 있지만, 정말 간절하고 빠른 답변을 원한다면, 개별 유치원 홈페이지의 연락처를 통해 일일이 문의하는 것이 지

름길이다. 참고로, 내가 contact한 유치원의 조건은 영어를 배우거나 영어로 의사 소통이 가능할 것이었다. 나의 자녀가 다녔던 유치원도 아이들 국적 구성은 글로벌했으나, 100% 독일어로 의사소통하는 유치원 이었다. 다음은 내가 독일 유치원과 관련해 참고한 웹사이트이다.

⇒ MEKI(https://www.kitaweb-bw.de/): 국내의 '처음 학교로'와 같이 유치원 등록 사이트

⇒ KITA Finder Mannheim(https://www.gis-mannheim.de/mannheim/index.php?service=kitas): 만하임 근처의 유치원을 찾을 수 있는 웹사이트.

⇒ Studierendenwerk Kinderhaus(https://www.stw-ma.de/en/Studying+with+Children/Kinderhaus.html): 필자의 자녀가 다녔던 유치원 웹사이트. 만하임 대학교의 병설 유치원이다.

9) 4인 가족 기준 한 달 생활비

앞에서 언급했듯, 비자를 발급받기 위해서는 (바뀐 규정에 따르면) 최소 1인당 1년간 11,208유로의 deposit이 필요하다. 개인마다 소비의 패턴이 다르며, 물가는 상승

하기에 아래 필자의 기준은 참고만 하기 바란다.

월세: 1400유로/월

식비(외식비 별도): 약 800~900유로/월

보험료: 236유로/월

통신비(휴대폰 요금): 약 20유로/월

유치원학비: 약 400유로/월 → 약 200유로/월(2019년 2
학기부터 인하됨)

여행비: 1000유로/월

기타(용돈 및 전파수신료): 300~500유로/월

약 4200유로/월

10) 기타 정보(Good to know)

교환학생으로, 혹은 가족과 함께 독일에 오는 이들에게
숨겨진 혜택들이 많다. 아래 정보를 참고해 보자.

⇒ Familien Pass: 가족들을 위한 할인 쿠폰북. 독일 전
체 도시에서 비자가 있고, 해당 도시에 살고 있으
며, 18세 미만의 자녀가 있다면 신청 가능하다.
Familien Pass로 시내 곳곳의 시설을 무료 혹은 할인

된 가격으로 이용 가능하다. 이용 방법은 각 시청의 홈페이지에서 Familien Pass 신청을 위한 Termin을 신청하거나, 온라인으로 필요한 서류를 첨부하여 신청 가능하다. 각 시청의 홈페이지를 살펴볼 것.

⇒ e-VRN: 각 도시마다 트램이나 버스를 운영하는 회사가 있는데, 만하임의 경우 VRN이라는 회사가 운영 중이었다. Application을 다운로드 받고 은행계좌와 연계하면, 일일이 티켓을 사지 않고도 타고 내릴 때마다 본인이 앱에서 클릭해 결재하므로 저렴하게 이용할 수 있다. 무임승차는 벌금이 크므로(약 60유로) 티켓은 꼭 구매할 것!

⇒ Semester Ticket: 학생이기에 누릴 수 있는 큰 특권 중 하나다. 두 학기를 다닌다면, 한 학기는 무료로 신청하여 구매 가능하다. 정해진 권역에서 VRN이 운영하는 노선을 기간내 무제한 이용 가능하다. 같은 주에 속한 하이델베르크는 물론, 프랑스 지역인 비상브르(Wissembourg) 또한 해당 티켓으로 무료로 다녀왔다. 시청에서 학생증을 가져가거나 오리엔테이션에서 나눠 준 학생임을 증명하는 종이를 가져가면 바로 발급해 준다. 구매가격은 당시 160유로였다.

⇒ ESN Card: ESN은 Erasmus Student Network의 줄임말로 유럽 37개국 136개 도시에 자리잡고 있는 최대 규모의 교환학생 커뮤니티이다. 이 카드는 각 대학의 학생회(?)가 주최하는 (만하임의 경우 VISUM이라는 이름의 학생단체가 있음) 모임에 가면, 5유로를 주고 구입 가능하다. 가장 큰 혜택은 여행 다닐 때 많이 이용하는 Flixbus, 유럽의 저가 항공사인 Ryan air를 할인된 가격으로 구매 가능하다는 것. 발급에 필요한 증명사진 1장, 여권, 입학증명서를 꼭 챙겨가자.

⇒ My Bahn card: 독일은 기차로 곳곳이 잘 연결되어 있어 자동차에 대한 필요를 잘 느끼지 못했다. 만하임의 경우, 파리까지 3시간 반, 프랑크푸르트나 슈트트가르트와 같은 주요 공항이 모두 1시간 내의 거리에 있으므로 우리 나라의 KTX나 SRT 같은 독일 Deutsch Bahn의 할인 티켓인 My Bahn Card를 구입해 보자. 정해진 기간 내에 지불한 금액만큼 철도 티켓을 할인받을 수 있다.

⇒ **독일 및 만하임 근교 주요 연중행사**

Easter: 4월 부활절

Stuttgarter Frühlingsfest: 4월 봄축제

Dürkheimer Wurstmarkt: 9월 와인축제

Cannstatter Wasen: 10월 가을축제

Christmas Market: 11월~12/23까지

Wine Festival(Pfalz Weinfeste): 만하임 근교의 Pfalz 지방은 Riesling으로 유명한 와인 생산지이다. 단기 여행자는 누릴 수 없는 장기 거주자의 혜택을 마음껏 누려보자! 이 지역의 축제에 대한 정보는 다음의 웹사이트를 참고할 것.

https://www.pfalz-weinfeste.de/

⇒ **국제운전 면허증**: 한국의 국제운전 면허증은 독일 내에서는 6개월만 유효하므로 참고할 것.

⇒ **요리책과 유튜브**: 식자재가 저렴한 독일에서 요리하는 재미를 느끼게 되었다. 우리 부부의 소울푸드를 탄생케 한 《집에서 푸드트립》이란 책의 저자와 유튜브 채널 "얀들 JandL"에게 감사를 드린다.

미주

1 https://www.internations.org/expat-insider/2019/germany-39845

2 https://worldpopulationreview.com/country-rankings/exports-by-country

3 TF14_세계 수출시장 1위 품목으로 본 우리 수출의 경쟁력 현황 (KITA, 2020.04.22)

4 https://en.wikipedia.org/wiki/List_of_countries_by_social_welfare_spending

5 https://www.iamexpat.de/expat-info/german-expat-news/how-much-average-german-pension-2020

6 https://www.yna.co.kr/view/AKR20191021144200017

7 https://en.climate-data.org/europe/germany/baden-wuerttemberg/mannheim-2123/

8 https://weatherspark.com/y/60899/Average-Weather-in-Mannheim-Germany-Year-Round

9 https://www.citypopulation.de/en/germany/badenwurttemberg/mannheim/08222000__mannheim/

10 https://en.wikipedia.org/wiki/List_of_countries_by_English-speaking_population

11 https://www.commonwealthfund.org/international-health-policy-center/countries/germany

12 https://www.iamexpat.de/expat-info/social-security/child-benefits-germany-kindergeld

13 http://mashija.com/%EC%8B%A4%EB%B0%94%EB%84%88-_-
silvaner/

14 한국만 오면 몸값 상승?··· "수입 과일, 세계서 가장 비싸" (https://www.
hankyung.com/economy/article/202102239825Y)

15 Cash, electronic or online: How do Germans pay? (Deutsche Bank
Research, December 20. 2018)

16 Average amount of cash in wallet in the Euro area in 2016 (https://www.
statista.com/statistics/787626/average-amount-of-cash-in-wallet-euro-
area/)

17 우리는 언젠가 만난다 (저자: 채사장) 中 p26

18 https://www.newscj.com/article/20220915580036

19 https://www.index.go.kr/potal/main/EachDtlPageDetail.do?idx_
cd=2762

20 https://russianvagabond.com/cost-of-living-in-germany-for-a-family-
guide/

21 드라마 〈미생〉의 대사 中

22 독일 외무부 홈페이지 참고: https://www.auswaertiges-amt.de/en/
sperrkonto/388600

23 독일 외무부 홈페이지 참고: https://seoul.diplo.de/kr-ko/service/visa-
einreise/-/1888390?view=

24 https://m.blog.naver.com/x-patrio

25 https://www.intl.kit.edu/ischolar/3331.php

배대리의 독일에서 육아휴가

ⓒ 배재현, 2023

초판 1쇄 발행 2023년 5월 15일

지은이   배재현
펴낸이   이기봉
편집   좋은땅 편집팀
펴낸곳   도서출판 좋은땅
주소   서울특별시 마포구 양화로12길 26 지월드빌딩 (서교동 395-7)
전화   02)374-8616~7
팩스   02)374-8614
이메일   gworldbook@naver.com
홈페이지   www.g-world.co.kr

ISBN   979-11-388-1924-4 (03810)

• 가격은 뒤표지에 있습니다.
• 이 책은 저작권법에 의하여 보호를 받는 저작물이므로 무단 전재와 복제를 금합니다.
• 파본은 구입하신 서점에서 교환해 드립니다.